深夜閒話

なんちゃあない話

安倍夜郎

丁世佳——譯

前言

「閒話」（なんちゃぁない話）在幡多方言裡，就是「沒什麼大不了的瑣事」的意思。

幡多方言是高知縣西南地區的幡多郡（包含四萬十市、宿毛市、土佐清水市、黑潮町、大月町和三原村）使用的方言，《深夜閒話》則是我在幡多地區發行的免費季刊《HATAMO～RA》上連載的文章集結而成。

由於原先設定的讀者是地方人士，因此本書難以理解的地方會附上註釋。但是不管怎樣，真的都是些沒什麼大不了的瑣事啊……

目錄

長訪談

啊，這樣就可以辭掉工作了

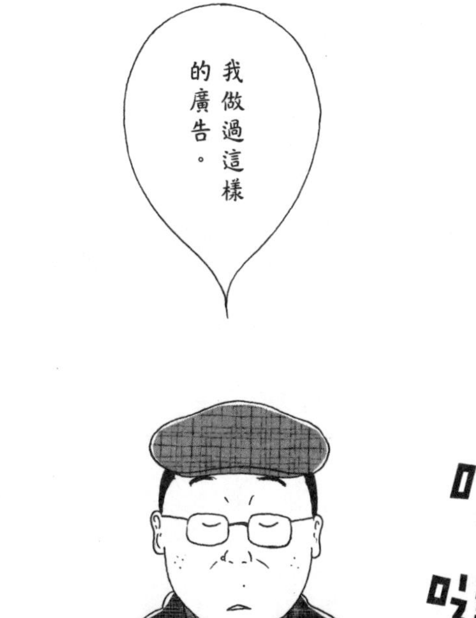

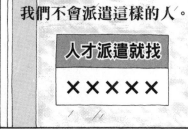

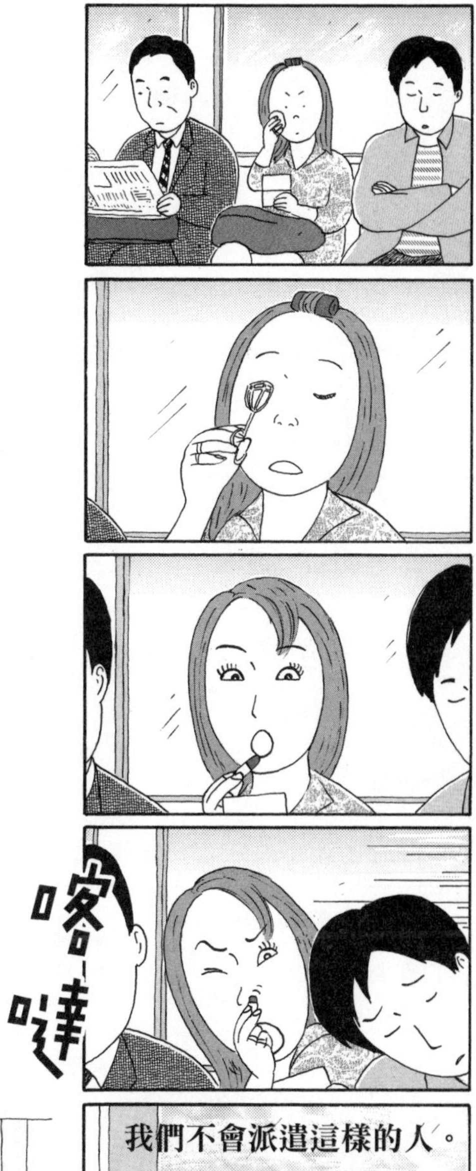

我做過這樣的廣告。

喀噠
我們不會派遣這樣的人。
人才派遣就找

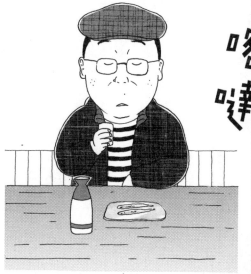

人生海海
隨性遨遊
人生海海
隨性遨遊
人生海海
隨性遨遊啊～
「不要隨性遨遊，
請有計畫地利用。」
最後加上這樣的旁白和字幕。
那是某消費金融（現在的金融卡信貸）
公司的廣告企劃案。
沒被採用。
這描述了我
當時的心境。
從學校畢業後
進入廣告公司，
一直都在做紅不
起來的廣告企劃。
雖有名字，
但沒名氣。

你在哪裡做了多久？
十九年。
所以是不適合那份工作囉？
算是吧……對企劃（腳本分鏡）我多少有點自信，但對編導就沒什麼把握了。
那就辭職改行吧。
話雖如此，但辭職後要做什麼呢？
我沒法跑業務，也不會英文。回高知鄉下的話，我既沒工作，也沒駕照。

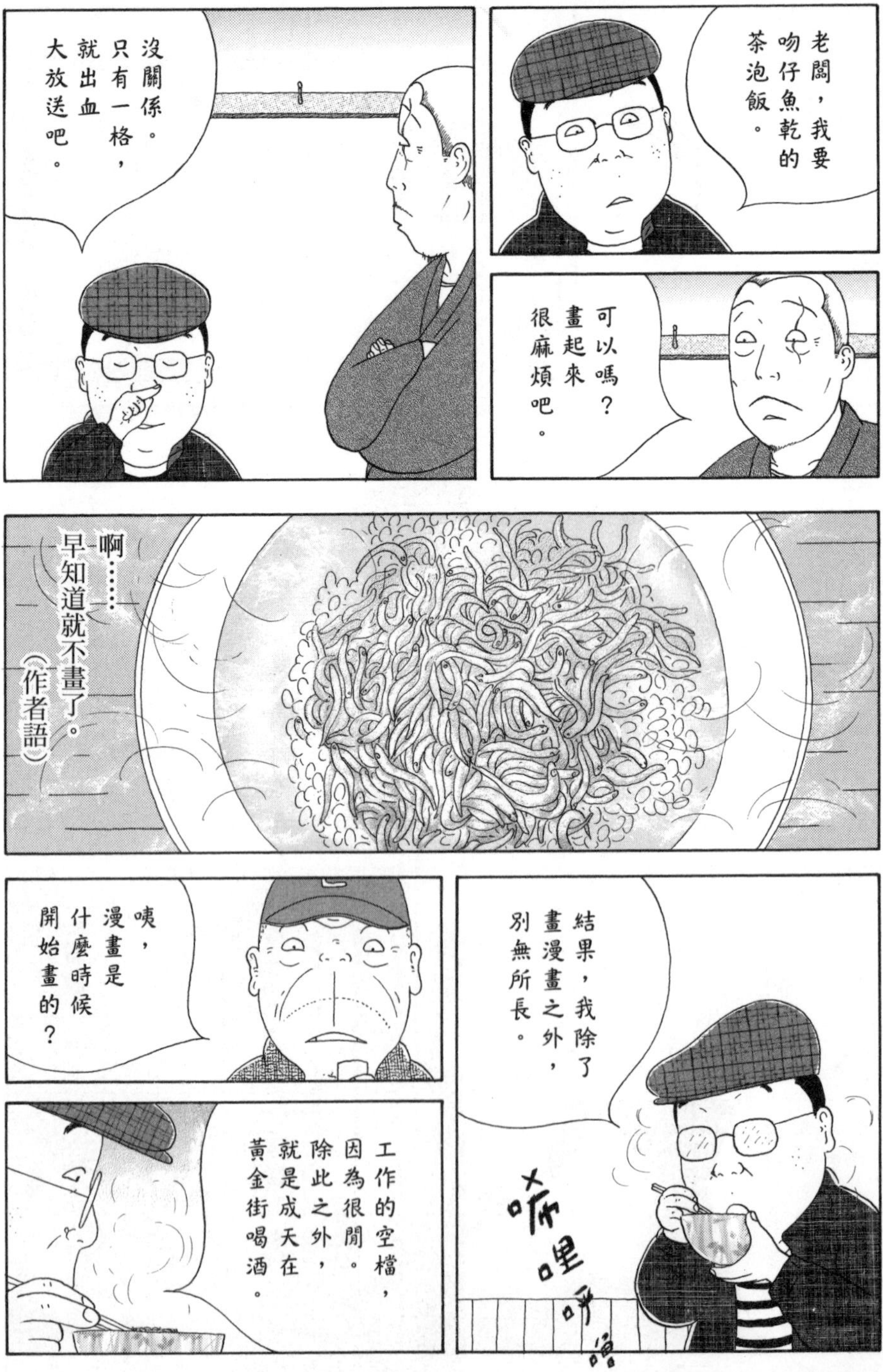
老闆，我要吻仔魚乾的茶泡飯。
可以嗎？畫起來很麻煩吧。
沒關係。只有一格，就出血大放送吧。
啊……早知道就不畫了。（作者語）
結果，我除了畫漫畫之外，別無所長。
嘶哩呼嚕
咦，漫畫是什麼時候開始畫的？
工作的空檔，因為很閒。除此之外，就是成天在黃金街喝酒。

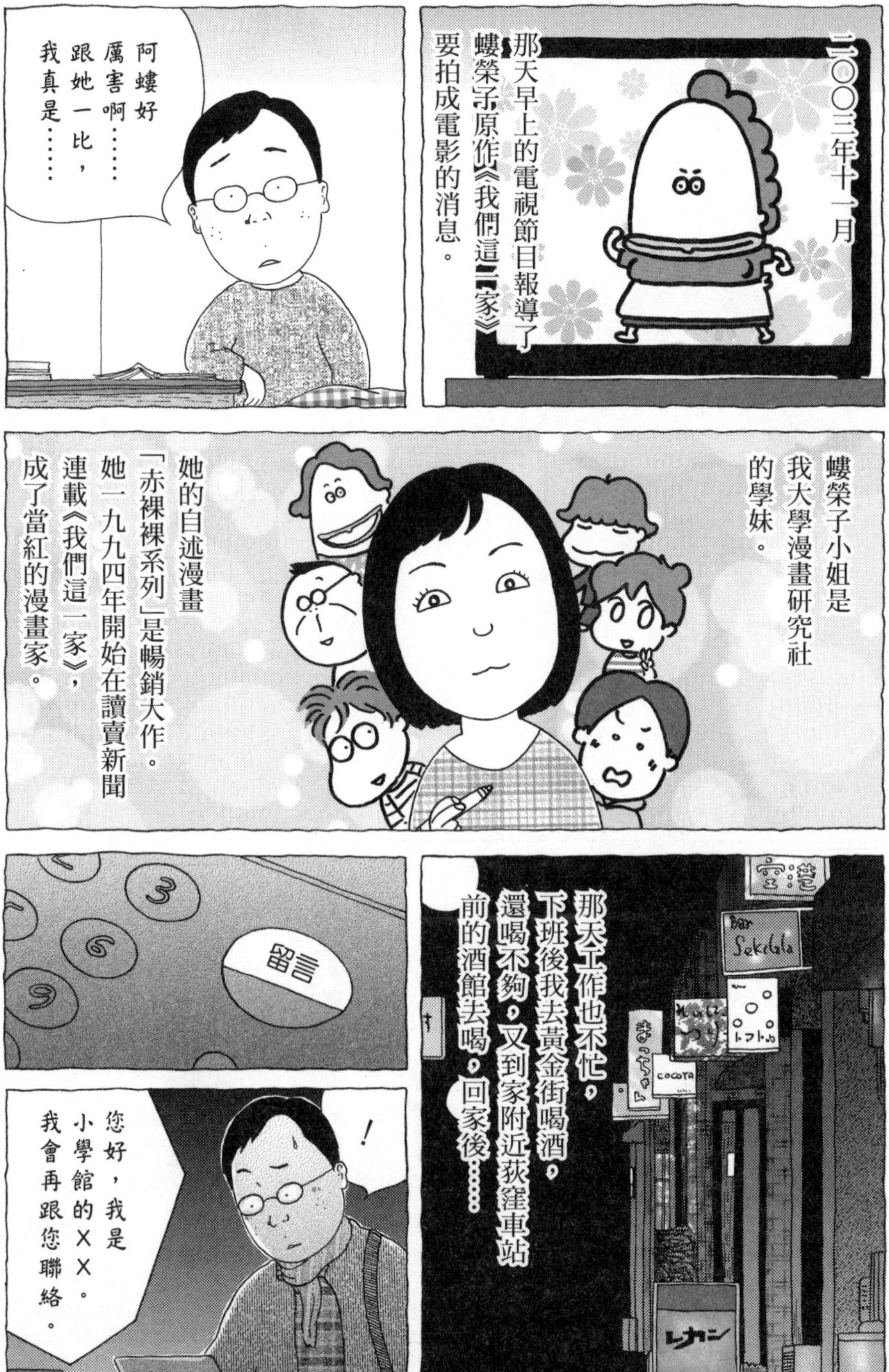
二〇〇三年十一月
那天早上的電視節目報導了
螻榮子原作《我們這一家》
要拍成電影的消息。
阿螻好
厲害啊……
跟她一比，
我真是……
螻榮子小姐是
我大學漫畫研究社
的學妹。
她的自述漫畫
「赤裸裸系列」是暢銷大作。
她一九九四年開始在讀賣新聞
連載《我們這一家》，
成了當紅的漫畫家。
那天工作也不忙，
下班後我去黃金街喝酒，
還喝不夠，又到家附近荻窪車站
前的酒館去喝，回家後……
留言
！
您好，我是
小學館的ＸＸ。
我會再跟您聯絡。

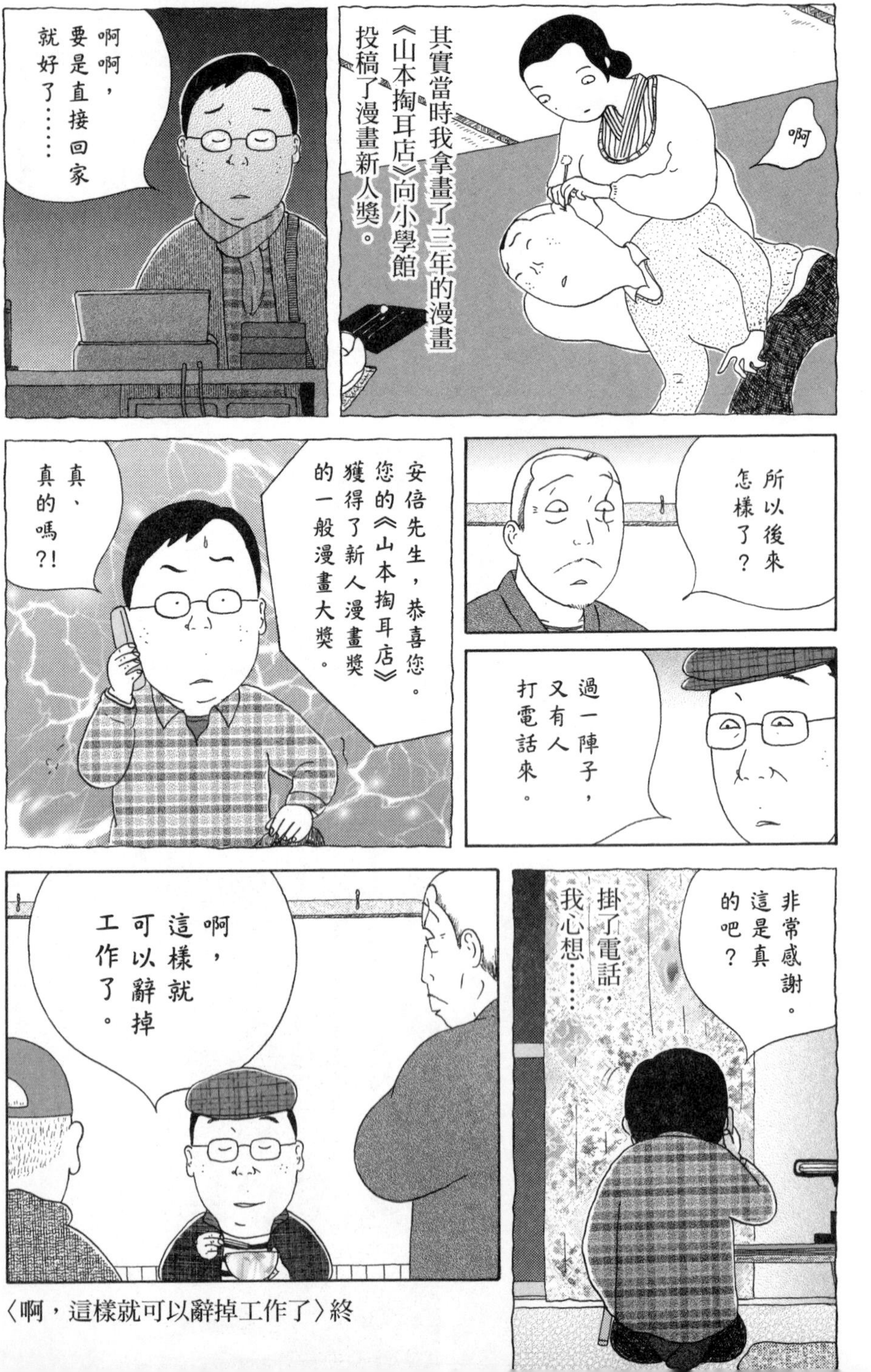
其實當時我拿畫了三年的漫畫《山本掏耳店》向小學館投稿了漫畫新人獎。
啊
啊啊，要是直接回家就好了……
所以後來怎樣了？
過一陣子，又有人打電話來。
安倍先生，恭喜您。您的《山本掏耳店》獲得了新人漫畫獎的一般漫畫大獎。
真、真的嗎?!
非常感謝。這是真的吧？
掛了電話，我心想……
啊，這樣就可以辭掉工作了。

〈啊，這樣就可以辭掉工作了〉終

深夜閒話

なんちゃぁない話

第一回

現在在家裡辦「人客來」的人家很少了……

三十幾年來，每年元旦，中村中學的十幾個同學都會聚集在我家，開新年宴會。

土佐有一種叫做「人客來」的皿鉢料理[1]。

元旦一早，我母親就開始捲壽司。

近年來母親也上了年紀，會讓妹妹跟侄女幫忙。（就這樣將手藝傳承下去，畢竟土佐的女性還是得會捲壽司才行啊。）

壽司是前一天準備好的鯖魚和昆布，芽海苔、雞蛋和稻荷壽司。這些都是皿鉢料理必備的菜餚。

以前舉辦一條先生祭典[2]時，家裡的女眷會總動員，一大早就做起皿鉢料理。阿嬤攤蛋皮、母親炸東西，叔母、媽媽和阿嬤好像比賽一樣拚命地捲壽司。這幅景象充滿活力，讓人興奮。小朋友們在廚房和客廳間跑來跑去，偷吃壽司卷的末段、魚板的邊角和炸雞的碎屑，一面等待一條先生和天神橋（一條神社門前的商店街）的攤販開門……

現在在家裡辦「人客來」的人家好像很少了，真有點寂寞啊。

皿鉢料理中最受歡迎的是蛋皮壽司卷。

小時候以為蛋皮壽司卷大人不愛吃，但喜歡蛋皮壽司卷的小孩長大以後，果然還是會喜歡蛋皮壽司卷啊。

特別是我朋友O君只吃蛋皮壽司卷，所以他來的時候，還會特別為他做一盤。

說起來，我也最喜歡蛋皮壽司卷，第二喜歡的是昆布。因為昆布壽司卷

在其他地方吃不到。

鯖姿壽司多做一些，第二天早上烤來吃最好。這只要是幡多人，都不會有異議吧。

新年宴會之後，一定會去高中同學在天神橋開的ＫＴＶ[3]。

我個人認為，幡多的ＫＴＶ應該把小學、中學和高中的校歌都加入歌單。要是可以的話，中村音頭也收進去才好。

1 皿鉢料理是以大盤子盛裝壽司和其他配菜的土佐鄉土料理。

2 在祭奉中村的開拓者土佐一條先生的一條神社內舉行的祭典，十一月下旬會舉辦各種活動。

3 很可惜，已經關門了。

第二回

只要跟同鄉朋友見面，我一定會帶他們去
放著「四萬十」酒瓶的新宿酒館。

四萬十的
青色水流
未曾忘懷吧
上林曉[1]

在新宿黃金街的花園五番街一家我常去的店裡，我寄放的Four Roses波本酒上如此寫著。

日期是：一九九一・三・二。

高中時的恩師S老師來東京時，我帶他來過這家店，那時他替我在酒標上題了字。瓶子裡的酒已經重灌過三百次以上了，但酒瓶仍舊維持原樣，酒標因為歲月和香菸的煙熏而變色，充滿獨特的風格。

我寄放這瓶酒的時候，四萬十川還沒什麼人知道，但不知多少年前開始，每當我喝這瓶酒時，就常會有人問我：「是四萬十的人嗎？」

四萬十川變得家喻戶曉，連原來的市名都改了。

我現在仍舊反對四萬十市這個名字，所以每當有人問我家鄉在哪裡，我都會回答：「高知縣的中村市。」

開頭的文章就刻在為松公園的石碑上。（正確的碑文是「四萬十川的／青色水流／未曾忘懷吧」。）上林先生的文學碑中，我記得最清楚的是中村高中校門旁的：

文藝是
我的第一藝
第二藝
也是第三藝

我覺得在高中時就能篤定地這麼說的人很幸運。

我的話，「文藝」就要換成「漫畫」，真希望哪一天我也能說得如此肯定。

現在，我住在上林先生也曾長住的杉並區。偶爾會去的阿佐谷圖書館裡，有個當地作者專區，裡頭就有上林曉全集。

有一次，我看到全集第十九卷的扉頁照片，感動得起了雞皮疙瘩。照片上赫然就是中村高中的「文藝」碑文。

只要跟同鄉朋友見面，我一定會帶他們去放著「四萬十」酒瓶的新宿酒館。

然後一面用幡多方言聊天，一面喝酒。

在東京用幡多方言下酒，喝到大醉。

而且是那種醺醺然、飄飄然的舒服醉法。

1 上林曉先生是昭和時代出身於大方町的私小說家，腦溢血中風後，靠著妹妹的幫忙，去世前仍持續創作。詳情可在入野的「上林曉文學館」查詢（大方曉館：0880-43-2110）。此外，本文開頭的碑文收錄於其著作《四萬十川幻想》中。

第三回

方言的好處可能要離開故鄉十幾年後，
才會深刻地感受到。

我只要回到中村，就會說起家鄉話。在東京平常會說：「請給我一個這個。」要是在中村，就會立刻變成：「這個，給我來一個。」回到老家，日常生活的會話就會改用幡多方言，但要是深入交談的話，又會回到標準日語。似乎在談到在東京經歷的事情時，我的思考也會轉換成標準日語。

當學生的時候，回家多半是搭火車。

當時還沒有本四架橋，單程要花十一個半小時。那時的我很喜歡在宇高渡輪的甲板上吃烏龍麵。

從東京車站出發時，車上的人幾乎都講標準日語，偶爾會夾雜一點關西方言。在岡山換搭宇高渡輪的時候，船上大家都說四國方言。經過阿波池田後，就換成了土佐方言，等過了高知，聽到上來的女學生說話語尾都帶著「喏」（〜ちや）、「呀呢」（〜やけん），我就覺得：「啊，回到家了。」

幡多方言基本上都有相應的標準日語，但一經轉換，微妙的含意就無法完全表現出來。

長年住在大阪的叔父說，幡多方言裡的「十十全全」（ジュウがええ）似乎無法用大阪方言來表現。說「恰到好處」（丁度具合がいい）、「狀況甚佳」（アンバイがいい），確實無法傳達「十十全全」的感覺。

「癱了」（ダラしい）

先聲明喔，這在東京可是不通用的。

這個詞也一樣，說「疲倦」（疲れた）、「操勞」（シンドイ）或是「好累」（カッタルイ），都無法表現出那種身體沉重，已經無法動彈的癱了的感覺。

「懟唸」（クジくり）

小時候要是猶豫畏縮，就會被罵「不要懟唸」（クジぃくるな）。

這個翻譯出來，意思就是「不高興地咕噥埋怨」吧。

「小事兒」（しょい）

這是聽我表哥說的。他到栃木去考大學，考完試後問其他的考生：「小事兒吧？」見對方一臉茫然，他才第一次知道「小事兒」是方言。

宇高渡輪甲板上的烏龍麵

舉例的話，就是「小事兒啊！」（しょいことよ，簡單啦、輕而易舉啦。）

語言會隨時代更迭。

我的皤多方言都是三十幾年前的，現在可能多少有了改變也說不定。最近宿毛和三原的年輕人，好像也都不太說「哧」[1]（ちっち）了……

方言的好處可能要離開故鄉十幾年後，才會深刻地感受到。

1 在鄰近中村的宿毛市和三原市，當地人會將「去」（行って）會說成「去哧」（行っち），「去吧」（行ってきて）、「回來吧」（もどってきて）會說成「去哧」（行っちきち）、「回來哧」（もんちきち）。

第四回

那是已不復存在的，只存在於記憶中的中村。

剛來東京沒多久，就碰到了在上補習班的高中同學。
他說：「東京人多了去了，每天都跟一條先生一樣啊。」
確實在我上小學時，也就是昭和四〇年代後半，參加一條先生祭典的人多得不得了，多到讓人感嘆原來幡多有這麼多人。
一條神社的斜對面，現在是MARUNAKA超市。那裡開始出現「店」，應該是昭和四十七年（一九七二年）石油危機前的事。
一樓是樂器店、雜貨店、餐廳和食材賣場，二樓是服飾、雜物賣場，三樓是遊戲中心和停車場。在當時那是幡多郡最大的購物中心，想像成縮小版的FUJI GRAND或SUNNY MART（位於郊區的購物中心，有非常大的停車場）就對了。

當年開幕時，方圓數十里的男女老少全都蜂擁而來，估計一半以上的客人都是來搭幡多郡第一台電扶梯的吧！

這麼想來，那時就是天神橋最後的榮景了。

在那之後，天神橋有好一陣子仍舊是最熱鬧的地區，後來右山開了「SATSUKI」（綜合商場），具同和古津賀等地也開了大型商店，我們這裡就沉寂下來了。

以前，我以為城鎮會越來越熱鬧。

事實上，新的區域是開發了，但老城鎮卻漸漸衰退。每次回老家，這種感覺就越來越強烈。

商店街的店面都拉下了鐵捲門，空屋變多，最後被拆除改建成停車場。

有次我突然一怔。

我以為會一直存在下去的故鄉中村正慢慢破敗。我打算畫的自傳漫畫的舞台就要消失了——

從那個時候開始，我每次回家就把中村的景象拍照保留下來。十分平凡的日常景色。

要是有突發事件或是舉辦活動，就會有人拍照。

但不會有人拍隨處可見的日常街景。

不管是怎樣的建築物，一旦拆除，就會立刻從大家的記憶中消失。

現在在你眼前的尋常景色，絕不會永遠存在。

買了相機之後，就可以隨意拍下自己周圍的日常風景，不用等到特別的日子或是特殊的場合。

改建房子的時候，搬家的時候，換車的時候，店鋪關門的時候……

這是我看怪獸「哥吉拉」和「卡美拉」的電影院——太陽館。

平常跟家人聚在一起吃飯的時候，要是想起這篇文章，就拍個照吧。
因為這樣留下的回憶，絕對比在旅行途中拍的照片還要多。

夏天回老家的時候，我朋友S君說有好玩的東西，就帶我去了圖書館。
那裡展示著中村市的住宅地圖。
中村市所有店鋪和住宅依照年份一一記錄，看著就湧起懷舊之情。
「對對，這裡的旁邊以前是這家店，〇〇君的家本來是在這裡……」
當時的街景浮現在眼前。
那是現在已不復存在的，只存在於記憶中的中村。

第五回

好的酒保平常不引人注意，
卻將客人的一舉一動看在眼裡。

我在《BIG COMIC ORIGINAL》連載的《深夜食堂》拍成電視劇了。高知縣在二〇〇九年年底的深夜時段一次播出，應該也有人收看吧。

主演是小林薰先生。

他飾演的老闆有瀟灑又歷經風霜的感覺。

「好的酒保平常不引人注意，卻會將客人的一舉一動看在眼裡；要是有需要，不用客人開口就靜靜地端上酒。《深夜食堂》的老闆就是這種感覺。」

對談的時候，小林先生這麼說，他也如此詮釋《深夜食堂》的老闆。

在電視劇的慶功宴上，小林先生說：「深夜檔的預算比較少，卻出現了奇蹟般的製作團隊和卡司，真的很難得。」我也這麼覺得。

我在致詞時說：「承蒙大家將拙作改編成這麼出色的單元劇，不僅大受好評，就連當初沒預計播出的高知地區也決定播出了。我衷心感謝製作單位和參與演出的各位。」

這次改編成電視劇，還有另外的驚喜，那就是鈴木常吉先生的歌曲更廣為人知了。

伴隨著片頭曲的吉他彈唱，越過新宿天橋，映入眼簾的歌舞伎町霓虹燈和街道行人穿梭的影像交相輝映，引導觀眾走進電視劇的世界中。

在決定改編成電視劇之前，我就和常吉先生認識了。

「有一首曲子跟安倍老師的漫畫非常合拍喔。」有人這麼告訴我。

我買了CD，也去聽了附近舉行的現場演奏，但只有六位觀眾……

電視劇開製作會議時，我把ＣＤ交給了製作人，結果松岡錠司導演非常喜歡，決定在電視劇中使用。

電視劇播出之後，在網路上也造成迴響，紛紛有人問：「那是什麼曲子？」ＣＤ在Amazon的排行榜上超越可苦可樂和矢澤永吉，曾經一度攀升到第二名，連常吉先生自己都非常吃驚。

常吉先生在現場演出的時候跟我叨唸過，說演出的報酬都是實物不是現金，ＣＤ又是在自己的網站上販售的，現在大賣起來，又被人說是「深夜的曇花一現」，不知道能持續到什麼時候……

電視劇第二集「貓飯」出現了一位叫做「千鳥美雪」的無名演歌歌手。

當時我思考著歌手的名字，想起了小學時在中村看過的「來自江之村，泉千鳥歌謠演唱會」海報。於是我讓歌手姓千鳥，名字則取了很有演歌味道的「美雪」。（泉千鳥小姐，抱歉亂用了您的名字。）

唱歌的常吉先生

常吉先生的網站
http://www007.upp.so-net.ne.jp/tunekichi/

電視劇第八集「調味醬炒麵」裡，YOU小姐飾演的前偶像風見倫子，在放著荷包蛋的炒麵上撒四萬十川的青海苔吃。

冬天時，我非常喜歡烤四萬十川的青海苔，磨碎後撒在熱騰騰的白飯上，加上醬油和味精吃。

第六回

乾脆等得到漫畫獎之後再去吧。
沒想到竟然等到在東京待了二十二年以後！

我從懂事時就開始塗鴉了。

小學六年級時，我開始用沾水筆畫漫畫。

當時《少年JUMP》的頁緣上有「請寫信鼓勵○○老師」的字樣，我在回郵明信片上寫信給喜歡的老師要求簽名，竟收到了某位漫畫家老師用彩色鉛筆畫的漂亮明信片。

用墨汁繪成的線條柔美飽滿，細心上色的角色還加上了明暗，背景則是以藍、淺藍和深藍等藍色系描繪的風，不愧是專業人士。

這個漫畫家名叫佐野川昇。

他得了《少年JUMP》的新人獎，是剛出道的新人漫畫家。

我也想畫出這麼美麗的線條。

我拚命練習，每畫了插圖或漫畫，就寄到明信片上佐野川老師位於神奈川縣藤澤市的地址，請老師指教。

現在回想起來，應該給老師添了不少麻煩吧。

要是立場相反，每個月都收到鄉下中學生寄來的蹩腳漫畫，我一定厭煩得不得了。然而佐野川老師每次都仔細地回我信，偶爾還會寄來貼著網點紙的沾水筆畫。

小孩子的熱情總是來得快，去得也快。

本來每個月寄一次信的，慢慢變成三個月一次，最後就完全斷絕了。

佐野川老師出道後只發表過一部作品，之後就再也沒有在雜誌上刊登漫畫了。

考上大學決定去東京時，我把佐野川老師的住址抄在通訊錄上。因為想起碼回報一次他之前的關照。但我實在是太懶惰了，每天渾渾噩噩地過日子，最後甚至覺得：「既然要去拜訪，乾脆等得到漫畫獎之後再去吧。」

沒想到竟然等到在東京待了二十二年以後！

二〇〇三年，我在四十歲時獲得了「小學館新人漫畫獎」，第一個念頭就是：這件事一定要跟佐野川老師報告。但都過了二十七年，老師未必還住在同樣的地方。我不抱任何希望，寫信到原來的地址。

頒獎典禮後，我喝了兩攤酒，醉醺醺地回到家打開信箱，收到一封信。看了一下寄信人，上面那令人懷念的筆跡，可不是寫著「佐野川昇」嗎！

人生真是太美好了！

我從來沒有像那一瞬間般如此感受到這一點。

後來我才聽說，老師的住處雖然沒有改變，但地名卻變了，城鎮的名稱完全改了。（即便如此還是能寄到，偉哉！日本郵局。）

我跟佐野川老師

那年年底，我帶著老師寄給我的明信片，去藤澤拜訪佐野川老師家。我們有聊不完的話題，等回過神來，天色已經暗了。老師拿出我小學六年級到中學二年級間寄給他的信和拙劣的漫畫。老師一直都保存著我寫給他的信，他真是太好的人。現在回想起當時的情景，我仍會熱淚盈眶。

能夠認識傑出的老師，指導我漫畫，真是太感謝了（佐野川老師現在以「佐野川徹」為筆名從事插畫工作，跟夫人和兩個兒子幸福地生活在一起）。

三月三日[1]，我邀請佐野川老師參加「小學館漫畫獎」的頒獎典禮，他非常高興地來了。

我們在休息室一起拍了照。

這是從我第一次寫信給老師至今，三十四年來的第一次合照。

1 二〇一〇年，《深夜食堂》獲得第五十五屆小學館漫畫獎「一般漫畫部門」獎項。

第七回

等自己能再深入一點（或是再像樣一點），再開始行動，這種話太幼稚了（太孩子氣）。

出道作是沒有截稿期的。

要成為職業漫畫家，不是參加出版社主辦的漫畫獎，就是帶著自己的漫畫去出版社毛遂自薦（最近好像也有因為同人誌出道的）。

我天生比較內向，沒有上門自薦的勇氣，所以選擇投稿漫畫獎。

漫畫獎雖然有投稿期限，但要是趕不及，再過一個月或半年，還會有另一個漫畫獎徵件，所以如果想拖延的話，也可以一直拖延下去。

因此我的出道作《山本掏耳店》花了整整三年才完成。

前些日子在整理舊原稿時，我翻出了以前收到的信。沒有郵戳，雖有日期，但沒有年份，不知道是什麼時候收到的。大概是一九九幾年，我還在公司上班時收到的信吧。

這麼說來安倍前輩，請恕我多管閒事，行動還是要趁早好。

不管是當藝術家（總之就是不以賺錢為目的的那種人），還是要成為職業漫畫家，最重要的是要持續有實際行動。

「等自己能再深入一點（或是再像樣一點），再開始行動」，這種話太幼稚了（太孩子氣）。

（也許我不太會說明）但一面行動，一面思考，然後修正失敗不足之處，我覺得才是正確的方式。

既然已經到了能給朋友看的程度了，那只要再進一步，就一定能有所成就。

當時我一面做廣告，一面抽空練習漫畫（自傳漫畫《生來即愚頓》）。

從這封信的內容看來，應該是針對我送去的影印稿的回覆。

這封令人心懷感謝的信，是來自螻榮子小姐。

她是我在早稻田大學漫畫研究社的學妹，也是《我們這一家》（《讀賣新聞》週日版連載中）的作者。（當時應該正是她的作品《赤裸裸婚姻生活》出版熱賣的時候吧。）

我記得收到這封信時，受到非常大的激勵。

但我的出道卻要等到將近十年之後……

我的處女作《山本掏耳店》單行本出版了（二〇一〇年六月發售）。

登場人物都說幡多方言，裡面有很多幡多人熟悉的景象。

各位有興趣的話，請看一看。（內容是針對成人的，還請注意。）

出自《山本掏耳店》

第八回

「生來即愚頓。」
我要用這當標題，畫我跟爸爸的漫畫。

我從中村幼稚園、中村小學、中村中學，一路念到中村高中，一直都不善於運動（體育），非常討厭運動會。

不知道跟老天祈求過多少次，能不能下大雨讓運動會取消啊。

我早讀，低年級時體力就不如同學。而且生來運動神經遲鈍，個性又懦弱，不被逼就不會主動向前，所以賽跑不是倒數第一，就是倒數第二。

我的身體僵硬，個性猶豫不決，所以墊上運動跟跳箱也都不行。玩躲避球時，我只會東逃西竄，根本不去碰球；打壘球的時候，我完全不明白其他人為什麼玩得那麼開心；打排球時，球總會飛到奇怪的方向去；籃球的話，練習投籃百投不中，人人搖頭；至於游泳……啊啊，我不知道喝了多少中村高中游泳池的水啊！

進公司上了五年左右的班，我讀了無季節語、無五七五規律的俳句詩人尾崎放哉的詩集，腦中突然浮現出一句：「生來即愚頓。」

這簡直是在說不管做了多少年都抓不到訣竅，生性笨拙的我。我喃喃唸誦這個句子，腦中又浮現一個恰如其分的男人。

那就是在我高三時去世的父親。

「生來即愚頓。」

我要用這當標題，畫我跟爸爸的漫畫。我拿起了暌違五年的畫筆。

記憶是很有趣的東西，只要有一絲頭緒，就會接連想起各種事情。十幾年來完全拋在腦後的小事全都一一被喚起。

我把想起來的事記下來，連自己都覺得吃驚。

和不擅長又討厭的體育和運動會有關的事還真多。

顯然高興和快樂，不如難受和辛苦更讓人印象深刻。

那是小學二年級時的運動會。

高我一屆的三年級團體比賽有個「爬竿接力」的項目，看得我眼睛都直了。

上了三年級就得被迫做這種事。我當然是爬不上去。

那個時候，我腦中閃過自己抓著竿子爬不上去，一直滑下來的景象。

好像從那個時候開始，我就是個悲觀主義者了。

我回到家裡，跟父親說了這件事，父親說：「跟我來。」接著帶我走到家後面的羽生山，砍下一根粗大的竹子，在院子裡挖了一個深坑，把竹子插進去。（我父親是建築工人，做起這種事來輕而易舉。）

まこと
ガンバレ

接著他又砍了一根長短適中的竹子，拿了一張紙寫著「小誠加油」（「誠」（まこと）是我的本名），再把紙捲在竹子上做成旗子。

「小誠，把這個插在竹子頂上。」父親說了。

晚飯後，就是爬竹竿時間了。

父親坐在緣廊邊上，一面抽菸，一面笑著看我爬竹竿。

因此我默默地學會了「爬竿」絕技。

但是，這門絕技始終沒有派上用場。第二年的運動會，三年級的團體比賽就沒有「爬竿接力」這個項目了。

第九回

正因為是漫畫，
所以「單純」一點也沒關係。

新年快樂。

今年也請聽我說閒話。

今年（二〇一一年）是兔年，我的第四個本命年。等到下一個兔年，我就六十歲了。

十二生肖循環一輪需要十二年，但隨著日月流逝，感覺時間過得越來越快。從三十六歲到四十八歲，就像是一瞬之間……

從十二歲到二十四歲則十分漫長。

從小學生成為中學生，再到高中生、大學生……，二十四歲時我進入廣告公司工作，那時的工作很有趣。

二十四歲到三十六歲期間，經歷了泡沫經濟時期，年號從昭和換成平成，十二年間發生了很多事。那時候我就覺得廣告工作已經到達瓶頸。

二十七歲時，我再度執筆，畫起大學畢業之後就放棄的漫畫，畫著畫著，想把工作辭掉當漫畫家的念頭就越來越強烈。

「好，三十歲我就要成為漫畫家！」雖然立下了這樣的目標，但轉眼間就過了三十歲；接下來的目標又換成「要在二十世紀中成為漫畫家」。

一九九九年，是諾斯特拉達姆斯（Nostradamus）預言地球毀滅的年份，也是我第三個本命年，三十六歲。

這一年，我畫的兔子比畫米菲兔繪本而出名的迪克・布魯納（Dick Bruna）還要多，讓我很得意。

契機是前一年年底，我在思考賀年卡的設計時，想到了兔子。那是穿著紅色高跟鞋的白色胖兔子，排成一排跳康康舞的樣子。

我覺得這很不錯。

就以這隻兔子為主角畫四格漫畫吧！今年內畫個一百頁吧！要是能辦得到，就一定能成為漫畫家。我認真地這麼想。

於是工作一有空檔就畫。

一格五隻兔子，四格就有二十隻兔子。結果那年連修正重畫的總共有一百二十來張原稿，算一算畫了大約有兩千四百隻兔子。我從原稿中選出十五張，投稿某個漫畫獎。這是我活到三十六歲第一次投稿。

公佈得獎名單的時間是二〇〇〇年一月底。那時我剛好去泰國出差，心中暗暗期望回國後立刻接到得獎通知，然後工作告一段落就遞辭呈，實現成為漫畫家的心願。

但是，人生不如意事十有八九。在出差拍外景之前，不經意看到漫畫雜

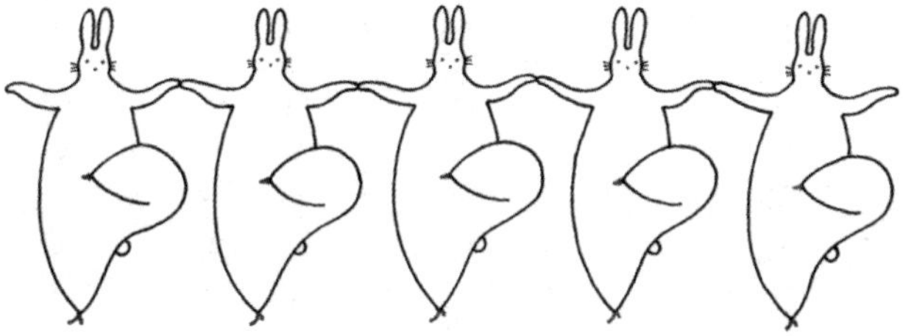

誌上刊登了我投稿的漫畫獎複審結果，怎麼看都沒有我的名字。

除了這件事，在公司上班的十九年間，工作上也有各種不順利的事情。不，應該說是幾乎都是不順利的事。

「人生不如意事十有八九。」

這是我當上班族時感觸最深的一點。

所以我在自己的漫畫中，畫了一些稱心如意的故事。那可能比現實稍微「單純」了些。但我覺得正因為是漫畫，所以「單純」一點也沒關係。

因為我喜歡這樣的「單純」，所以才畫漫畫。

第十回

當年在那棟校舍裡上課的大批學生，
如今都到哪裡去了呢？

綿延不斷的蒼翠　群山啊
清流潺潺的　四萬十川啊
生於清流的　香魚躍動
在希望的城鎮中村裡
閃耀生輝的母校　我們歡欣鼓舞
（作詞／勝承夫・作曲／平井康三郎）

這是我的母校中村小學的校歌。

新年回家省親的時候，聽說夏天中村小學要重建校舍了，我想留下資料作為以後漫畫的參考，就決定去拍照。

中小（中村小學的簡稱，本地人都這樣稱呼）可以走路過去。

小學的時候覺得學校很遠，現在覺得不算什麼，甚至好像整個城鎮都縮小了一樣。漫不經心地走著，竟然不知不覺地就走上了以前上學的那條路，看來身體還認得路啊……

走進學校，就聞到熟悉的氣味。

啊，中小的味道。好像回到過去一樣，飄散著跟以前同樣的味道。我心裡這麼想著，到教職員室打過招呼後，就在校舍裡四處走走。

看見長長的筆直走廊就想奔跑是小孩的本能吧。來參加入學前的說明會時，我就在走廊上跑，結果摔跤撞到了腦袋。

入學之後，老師對我說的第一條規矩就是「不要在走廊上奔跑」。

我是在一九六九年（昭和四十四年）進入中村小學的。那時一班大約四十人，總共有五個班。全校師生一千兩百人，是當時幡多郡規模最大的小學。

我是一年一班，學號一號。教室在南校舍一樓，播音室的隔壁。（現在一年一班的教室竟然還在同一個地方，要說理所當然也是理所當然啦。）

教室前面，黑板左邊（靠校園的那一側）是老師的桌子，後面是木頭置物櫃，置物櫃上的佈告欄貼著學生們的畫。跟以前一模一樣啊！只不過，書桌的數目比我在校時少了很多。

南校舍東邊盡頭的樓梯往上走到二樓。途中樓梯平台的牆壁上有垃圾井筒。對了對了，每次在這裡丟垃圾的時候，都會毫無來由地害怕：「要是從這裡掉下去可怎麼辦啊。」

我在這裡上學時，南校舍一樓是一年級，二樓是三年級，三樓是五年級的教室。北校舍依樓層從下到上，分別是二年級、四年級跟六年級的教室。

南校舍的上層光線很好，視野也好，但有時候因為風向的關係，會飄來附近丸幡醬油廠像燒焦般的醬油味。

北校舍因為學生人數減少，教室現在是社團活動室跟倉庫了……當年在那棟校舍裡上課的大批學生，如今都到哪裡去了呢？對曾經在這裡上過學的人來說，實在有點寂寥。

音樂教室跟以前一樣，在連接北校舍和南校舍的東樓三樓。教室後方牆壁上的貝多芬畫像從顏色看來，應該跟我小學的時候是同一幅。那個時候教室裡放的不是書桌，而是一人一台風琴。

我從南校舍三樓的教室走到陽台。

校舍老舊了，體育館也破舊了。

體育館是在我小學四年級時建成的，已經快四十年了。那是中村小學創校百年時修建的。

當年舉辦運動會時，操場上有一千兩百個學生排隊做廣播體操。在運動

2012年10月，中村小學新校舍落成

會壓軸的紅白接力賽中，一千兩百人的歡呼聲響徹校園。

那幅景象已經再不復見了。

我聽說縣內各地的中小學正在進行併校計畫。我的朋友當中，有好多人都失去了母校。

今後，我們這些大人能留下什麼給孩子們呢⋯⋯

緬古懷今　松風陣陣
歲月靜好　平和安詳
光明的夢想滿溢
我們在自治的中村學園
友好成長　歡樂學習

第十一回

煩心的工作、自己的無能、對將來的不安……
我從東京帶來的一切都得以拋在腦後。

我只會仰泳。要說為什麼，是因為我不會換氣。

之前說過很多次，我在學生時代完全不擅長運動，游泳也只會一點點而已。我學會仰泳是在高中的時候。

高中二年級男子游泳的課題是一千五百公尺。手段高明的人不知道用了什麼方法，拿到醫院的診斷書來迴避考試。當時我既沒手段又遲鈍，只能硬著頭皮接受考驗。（雖然老實說也沒有這麼嚴重就是了。）

上游泳課時，我發現仰天躺在游泳池裡可以浮起來。

然後我試著甩腳打水，就可以前進了耶！

好，就這樣吧！這樣的話要游多少距離都可以。

我不知道到底花了多少時間，就這樣躺著打水游了過了一千五百公尺。

那時我才發現，這樣再加上迴轉手臂，不就是仰泳了嗎！

我就這麼無師自通地學會了仰泳。（這有什麼好自傲的啊。）

然後高三那年夏天，全校學生都必須參加的中高（中村高中）的游泳比賽，我參加了仰泳項目。

會場是八水道五十公尺的市立游泳池，當天天氣晴朗。

比賽進行得很順利，終於到了我出場的時候。

仰泳的好處就是不需要換氣，也不用跳水。我當然不會跳水。

開始時，大家一起濺出水花，順利地前進。據在一旁觀戰的朋友說，我算是前幾名的呢。

我真的非常賣力地游了。

二十五公尺、三十公尺、三十五公尺。

這已經是未知的領域了。其實在此之前，我仰泳從沒有超過二十五公尺。然後過了四十公尺我就沒力，沉了下去。

在那之後，我又設法浮起來，游完五十公尺。（我累得要命，連名次都沒問，八成是最後一名吧。）

後來朋友跟我說：「一開始真的很快耶。才覺得安倍同學好厲害啊，結果半途就沉下去了。唉，安倍同學果然就是這樣啊。」

雖然我沒力了，但這次參賽讓我對仰泳有了自信，之後也持續仰泳了四十年。

還在公司上班時，夏天我會避開擁擠的盂蘭盆節時期，休假回老家省親。避開了人潮雖然很好，但在平日回中村，大家都要上班，沒辦法陪我

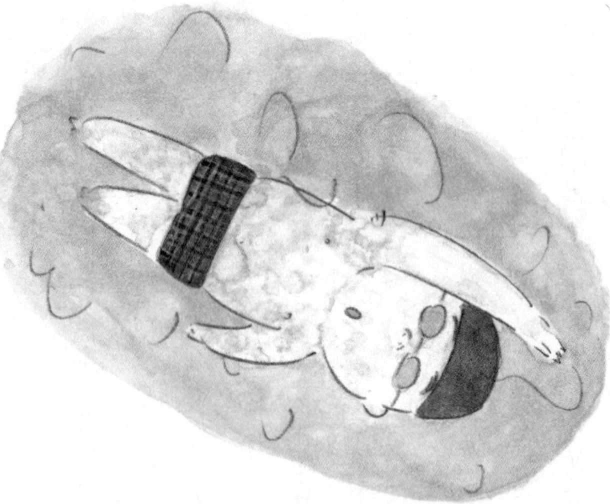

玩。於是我常常自己去游泳，去當年游四十公尺就沉下去的那個游泳池。

八月底的游泳池沒什麼人，幾乎可以一人獨佔。

我當然是仰泳。

望著眼前一片藍天白雲，獨自一人游泳，煩心的工作、自己的無能、對將來無以名狀的不安……我從東京帶來的一切都得以拋在腦後。

那真不錯，感覺太舒服了。

過了幾年，附設的活水池老舊，夏天的五十公尺游泳池也無法使用了，我就少了這份夏天的樂趣。（我到管理處去詢問，室內的溫水游泳池可以使用，但盛夏去溫水游泳池感覺很傻，所以之後我就沒在中村游過泳了。）

現在我每星期兩三次，到家附近的健身房游泳池游泳。繼續毫不厭倦地默默在二十五公尺的游泳池裡反覆地游。那個討厭運動的我竟如此自動自發。

第十二回

年輕的時候，
能滿腔熱血地投入嗜好是很幸福的事。

今年（二〇一一年）夏天，中村高中漫畫研究社第一次參加「漫畫甲子園」。雖然最後沒有入選，但這一定能成為他們將來對高中時期的美好回憶吧。

我和同年級生在一九七八年還在念高中一年級時，一起創立了漫畫研究會，也就是現在「中高漫研社」的前身。

我這個「中村漫畫少年」和「大正漫畫少年」K成為同班同學，是成立社團的契機。當時我畫的是單格和四格漫畫，K同學則崇拜手塚治虫，立志創作故事漫畫。雖然漫畫的類型完全不同，但我們透過共同的朋友知道對方在畫漫畫，便注意起彼此。

漫畫本來就是個人的創作，並不適合當成社團活動，但是同好聚集在一起有很大的激勵作用。不知道是誰先提起要組織一個漫畫研究會，然後加入了來自片島、有點孤僻的少年O，非常會畫畫、出身井澤的N同學，和不知怎地就加入了的來自勝間的M同學，我們五個一起創立了漫研。

總之，我們以讓漫研在學校中升格成為正式社團為目標，先籌辦漫畫的原畫展，向學生和老師們做宣傳。那時只有我和K同學有實際畫漫畫的經驗，於是原稿由我提供。

原畫展一般會將原稿裝框掛起來展出，但我們沒有錢，只能沿著會場的牆壁拉一條鐵絲，把原稿用曬衣夾夾上去展示。

在原畫展之前，大家都努力地畫起了漫畫。K同學甚至請了假，窩在租屋處請幾個朋友當助手畫漫畫；○同學雖然畫得不好，但也非常努力。（其實畫最多張的就是這位來自片島的○同學。）

原畫展是我們這幾個成員努力的成果，最後獲得了好評。在學期末的學生大會上，我們的漫畫研究會獲得大多數同年級生（一年級）和半數以上高年級生（二年級）的贊成票，成為同好社團。

新學年度開始後，有新成員加入，也有了女生社員。相撲場旁原來是相撲社團的活動室，那時改讓給我們使用。一年後在學生大會上，我們的同好社團升格為正式社團，我們也就從漫研引退了。

學生的本分是念書，畫漫畫沒有任何用處。但是我覺得年輕的時候，能滿腔熱血地投入嗜好是很幸福的事。就算當時很辛苦，也一定能留下美好的回憶。

現在跟原來漫研的成員○同學見面聊天時，也會說：「成立漫研真是太好了。」

八月七日的高知報紙上刊登著一則新聞，照片標題為「一戰即敗，垂頭喪氣的中村高校生」，以及部長岡村亞彌同學的感言。文中提到兩年前我去中村高中，跟漫研成員們討論參加「漫畫甲子園」的方法和策略，讓他們對「參加甲子園的態度和心情有了改變」。這讓人憂喜參半，但至少給了他們一點刺激，我就稍微安心了。

單格漫畫只要練習就能畫得好。在那之後，中村高中雖然再度邀請，但我因為行程不合無法參加。除了中村高中之外，要是有其他學校想參加「漫畫甲子園」，我也很願意幫忙，但卻沒有什麼機會，真是遺憾。

※二〇一五年，中村高中漫研第二次參加漫畫甲子園。雖然初戰落敗，但在敗部復活戰中取勝，獲得審查委員獎。

第十三回

不是的，田中先生。
我只是沒膽抱怨，只好忍耐而已……

最近好像很多男人也上美容院，但我一直都是去理髮店。

不過，從小學中年級到中學時代，我的頭髮都是在家裡剪的。父親說：「讓我幫你剪，幫你剪！」煩得要死。看我不情願，父親就說：「我給你零用錢，你讓我幫你剪吧。」

原來父親年輕的時候，年輕人都聚集在理髮店裡聊天玩耍，消磨時間。他看著專業的師傅理髮，自己也手癢想替人剪，但是沒有人願意讓門外漢理髮，家人自然就成了犧牲者。在我之前是叔叔（比父親年幼十五歲的弟弟，正值高中生），當時拍的照片現在還留著。那時，念高中的叔叔正是開始注意自己外表的時候，一面被剪，一面手拿鏡子拚命看，不停抱怨。看著那張照片彷彿就能聽到他抱怨的聲音。

一開始剪頭髮，母親就會點燃柴火燒洗澡水。（當時我家用的是燒柴的鐵鍋澡盆。剪完去浴室洗頭，然後跳進澡盆，泡在還沒熱的澡盆裡，讓身子慢慢地溫暖起來，感覺非常舒服。

現在我去的是位於中央線阿佐谷車站前，叫做「田中沙龍」的理髮店。價錢雖然比其他店稍高一點，但花的時間是普通店家的四五倍，洗頭非常細心，讓客人非常舒服。還會仔細按摩，讓人根本不想去其他的店了。

店主田中先生乍看長相有點兇，但其實是個非常爽朗的人，對工作很有熱忱，休假時會醫院去當義工，幫病人理髮。他的技術很好，又會照顧人，店裡總有好幾個年輕師傅跟著他學習。

一開始只能打掃和洗髮的學徒，慢慢能夠拿起剃刀，最後還可以用剪刀替客人理髮。他們學成後便離開自立門戶。看著他們成長，真是一大樂事。

但是卻有一個怎樣都不成器的傢伙，粗手粗腳，一直都俐落不起來。田中沙龍的生意很好，如果不特別指名師傅，就是誰有空誰就來替客人理髮。大家都知道客人的情況，田中先生會仔細指示該如何替客人服務，客人不用一一要求也能理成想要的髮型。

從某個時候開始，我不管什麼時候去，總是碰到那位笨手笨腳的師傅。理髮的時候，梳子梳得很用力，洗髮的力道也很強，簡直到會痛的地步。我好幾次都覺得花錢來受罪是說不過去的吧。但是我膽子小，想抱怨卻說不出口。畢竟他雖然笨拙，卻努力花時間幫客人理髮，而我嫌麻煩，又不想另外去找新的理髮店。我心想這該怎麼辦呢，卻在接下來大約一年內都沒再碰到他，才在心想太好了，有一天卻又碰到他了。

「嗚呼～」我暗自嘆息一聲，坐進位子裡。他的梳子抵上我的頭皮。

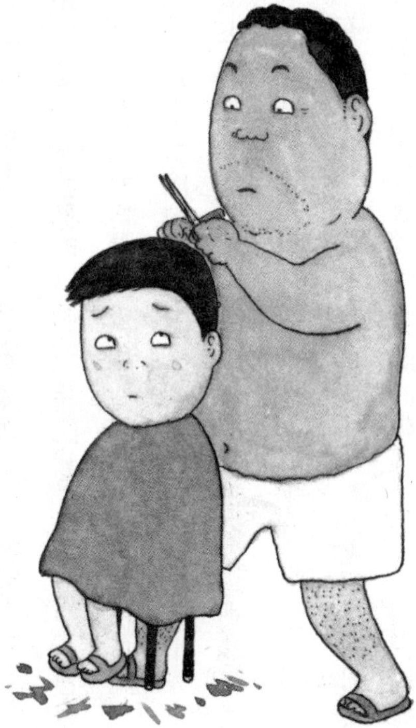

「咦?!」梳子的力道跟以前不一樣，變得輕柔了。這一年中他成長了。

「你的技術進步了呢，梳子的感覺完全不一樣了。」我說。

「真的嗎？我太高興了。」笨手笨腳的人滿面笑容。

田中先生聽到我們的對話，好像眼淚都流出來了。後來我讀了落語家古今亭志輔的著作《師傅是針，弟子為線》裡的〈手機日記〉才知道。

志輔先生也是田中沙龍的客人，好像是直接從田中先生的口中得知的。田中先生很清楚他的技術進步了，但好像誤會我是個寬宏大量的人，一直是為了要訓練他才忍耐的。

不是的，田中先生。我只是沒膽抱怨，只好忍耐而已……沒過多久，粗枝大葉的師傅也學成離開了。

※孕育理髮人才的「田中沙龍」在去年（二〇一五年）八月停業了。田中先生帶著一個徒弟，現在跟夫人三個人一起，在原店附近開了完全預約制的「田中理髮廳」。

第十四回

差不多可以開始畫了吧。
我都跟父親同樣年紀了……

我終於四十九歲了。

跟父親去世時同樣的歲數。要是他還活著的話，現在應該八十一歲了，但我有點難以想像。父親一直都是四十九歲的模樣。

最近有人跟我說，我越來越像父親了。我跟父親完全是不同類型的人。父親身材高大，我很矮小。

父親生前說過：「俺是為了祭典而生的男人。」他是個非常開朗熱情的人。身材肥壯，力氣很大，充滿活力又會喝酒，有時候會酒顛（喝醉了發酒瘋）；雖然豪爽，但有時有點懦弱。他唯一的嗜好是將棋。酒喝得開心的時候，會唱〈無法松的一生〉。然後他還有點孩子氣，喜歡惡作劇。在電視上看見芭蕾舞，他就說：「俺也會跳！」在榻榻米上墊起腳尖。

秋天結束時，父親洗完澡出來，對妹妹說：「洗澡水很舒服，快點進去洗。」妹妹去了浴室，也沒檢查水溫，就直接進去泡，然後「呀」地大叫一聲跳出來。本該熱的洗澡水根本不熱。父親故意把頭髮弄濕，做出好像剛洗好澡的樣子，被母親痛罵了一頓。

父親跟母親結婚時，在建設省上班。我上幼稚園大班時，他辭了職，在關西的建築工地工作了一陣子，然後回來開土木工程公司。

去工地現場時，父親總穿著母親縫製的襯衫、縮腳褲和膠底布鞋，一回家就脫得只剩一條四角內褲（阿公內褲）。他怕熱，除非天氣變冷，否則在自家半徑五十公尺內，他都只穿一條內褲。我非常非常討厭他這樣。每次他的四角內褲掛在髖骨上，露出半個屁股直接走到外面，我都覺得丟臉到了極點，也曾替他把內褲拉上去。父親對這件事不知怎地覺得很有趣。

雖然平時如此不修邊幅，但父親也有刻意打扮的時候，平日傍晚也會穿著和服，披著羽織外套去鎮上逛街。

家長參觀日快到的時候，父親根本沒打算去，但嘴裡卻說「我去吧」，然後看著我和妹妹不高興的表情自己偷樂。我討厭他穿著平常穿的縮腳褲和膠底布鞋來，要是他只穿著一件四角內褲來，那就更令人難以忍受了。我一會兒哭，一會兒生氣，嘴裡不斷說：「絕對不要來，拜託了。」

現在回想起來，我這樣是不對的。要是我能有多一點自信，就不會覺得與眾不同的父親很丟臉了吧。但是那時候我是個弱雞，害怕被別人笑話，自信不起來。要是現在的我，絕對可以走到哪裡都帶著父親吧。（但現在說這些都是馬後炮了。）

我考中村高中，在放榜之前都一直都對家人說：「搞不好考不上。」在這裡也寫過很多次了，我是個無可救藥的悲觀主義者。

放榜當天，一大早我就被父親吵醒，他大聲地說：「小誠考上了喔。」原來父親凌晨就在店鋪前等刊登榜單的《高知新聞》發售，天一亮就買了報紙回來。

某本書裡的訪問者（也是該書作者）對荻本欽一先生說，自己的父母去世了。阿欽說：「很早就失去父母的人，必須感謝死去的父母。因為他們沒有用到的運氣，全部都留給你了。」

我讀到這一段，心想：「啊，可能真的是這樣。」

高三那年十一月，父親去世了。次年三月，我本來已經決定重考，卻奇蹟似地發現自己考上了大學。大學四年級時，不知怎地在報考廣告導演的三百五十個人中脫穎而出，獲得了這份工作。我覺得這應該不只是實力的關係。是不是父親留下來的運氣我不知道，但父親可能跟我考高中的時候一

樣，一直擔心地守護著我吧。

最近幾年，因為十分忙碌，沒有空畫自傳漫畫《生來即愚頓》的續篇。差不多可以開始畫了吧。我都跟父親同樣年紀了……

※自傳漫畫《生來即愚頓》現在已經重新畫過，在《BIG COMIC ORIGINAL 增刊號》上連載中。

第十五回

和我擦身而過的女士說：
啊，是小壽壽桑耶。

小Ｉ的前男友Ｊ先生，好像只穿條紋襯衫。

小Ｉ讓我看她存在手機裡的照片，Ｊ先生確實在不同場合都穿著藍色直條紋的白襯衫。她看過Ｊ先生的衣櫃，裡面都是條紋粗細不同的襯衫。

我以這個故事為哏，畫了《深夜食堂》第二十夜〈借廁所的客人〉（收錄於第二集）。

我畫了每次總是穿著條紋襯衫來食堂借廁所的客人（直條紋先生）。

決定了「直條紋先生」這個角色之後，我立刻想到了「穿著直條紋衣服的男人跟穿著橫條紋衣服的男人並肩喝酒」的場景。

我從穿著橫條紋衣服男人的形象，創造出以前當過船員的阿島這個角色。阿島在此之後登場過許多次，現在已經是《深夜食堂》的常客了。

「直條紋先生」是以J先生為原型畫的。「直條紋先生」在漫畫中去世了，這我有先讓小I問過J先生。

「在漫畫裡死掉可以嗎？要是您覺得不吉利的話，要不要換成別的角色呢？」

J先生這樣回我：「請殺了他沒關係。（以自己為原型的角色）能這樣派上用場，我就覺得很光榮了。」

總是用甜玉子燒和黑道阿龍換紅香腸，在這一行混了四十八年的老同志小壽壽桑也有原型。

那就是在表參道和四谷開同志酒吧的小芥子先生。

小壽壽桑總是穿著白襯衫，是因為小芥子先生就是這樣。我為了不讓他抱怨，沒有把臉畫得像他，但言行舉止就跟小芥子先生一模一樣。

昭和三十一年，小芥子先生在從廣島來到東京後就立刻入了這一行。他修行的地點是傳說中的同志酒吧，銀座的「柳」。

「柳」是二次大戰後解甲歸田的前陸軍伍長還是什麼的島田先生，通稱阿島開設的第一家同志酒吧。這裡的客層和消費都堪稱一流，客人有皇室成員、企業家、歌舞伎演員、電影明星、作家和音樂家，新橋、葭町和柳橋的藝伎，銀座高級俱樂部的媽媽桑跟小姐等等。作家江戶川亂步和三島由紀夫好像也曾是「柳」的客人。

小芥子先生在「柳」上班時，被要求戴上日本傳統髮型的假髮，打扮成藝伎的樣子，他非常不喜歡。

「我是以男人的身分喜歡男人的。」小芥子先生常常這麼說。

在《深夜食堂》電視劇裡扮演小壽壽桑的，是東京乾電池劇團的綾田俊樹先生。他跟小芥子先生類型不同，但是因為演技精湛，第一次碰面時我問道：「綾田先生，果然是那邊（同志）的嗎？」他笑著回答：「不是，我是喜歡女人的。」去年在電視劇的慶功宴上見到綾田先生，他開心地說：「前一陣子我在街上散步，和我擦身而過的女士說：『啊，是小壽壽桑耶。』」

中村的鄉親也曾出現在《深夜食堂》裡。

第六十三夜〈泡菜豬肉〉（收錄於第五集）中，不知開始第幾次減肥的復胖女王真由美登場。

之所以開始減肥，是因為過世了的閨蜜的先生，將閨蜜生前留下的減肥食品和器具送給了她。這位去世閨蜜的原型是我的同班同學，天神橋辰巳書店老闆的女兒杉本（舊姓井上）由美女士。

由美美（由美女士的小名）在我剛出道的時候，偶爾會把登在雜誌上的《山本掏耳店》剪下來，整理好讓同班同學們傳閱。之後她嫁到關東來，見面時仍舊跟以前一樣，說著一口中村方言。她溫文儒雅地拖著長音的語尾腔調，現在仍在我耳邊迴響著。

由美美在二〇〇八年秋天，留下丈夫和兩個女兒，突然先走一步。次年二月，我和友人一起到位於松戶的由美美家上香。那時她先生講的故事，給了我漫畫的靈感。

他在整理由美美的遺物時，在櫃子裡找到很多沒吃完的減肥食品和減肥器具。

我動筆作畫之前，跟她的丈夫杉本先生聯絡過。

「我可以畫嗎？」

「請便，我想她也會很高興的。」

杉本先生爽快地答應了。

（由美美跟杉本先生都在漫畫中出現過。我也答應以後會讓他們的女兒出場，但到現在還沒有實現這個承諾。我一定會畫的，請安心等待。）

第十六回

同學都像叫外號一樣叫我「安倍先生」，果然還是這樣叫我覺得最稱心。

我從小學四年級開始就被大家稱為「安倍先生」。四年二班的導師宮崎老師說：「大人稱呼別人都會加『先生』、『小姐』，我們也互相用『先生』、『小姐』來稱呼吧。」所以我們四年二班的大家都互相稱「先生」、「小姐」。中村小學每兩年重新分班一次，上了五年級重新分班之後，大家的稱呼自然就改回了「同學」，但不知為什麼，只有我跟朋友「彰先生」繼續被人這樣叫著。

上了中學後，一開始是直接叫名字，或是加上「同學」，然而因為大部分人都來自中村小學，不知何時大家就又都叫我「安倍先生」了。

先聲明，我並不是成績特別好，或者是很會打架、體育萬能什麼的；絕對沒有比別人出色而受人尊敬。我是個成績中等、不擅長運動，只會畫一點漫畫，並不引人注目的少年。

中村高中也有很多從中中（中村中學）來的人，所以同學們也都叫我「安倍先生」。好吧，那與其說是敬稱，其實比較像是外號啦。

來到東京之後，在大學裡被稱為「安倍」，學弟學妹叫我「安倍先生」；在公司裡前輩也都叫我「安倍」，工作場所則是「安倍先生」，熟起來之後就叫「小安倍」。這大概是姓安倍的人生來的命運吧。然後最近滿常被稱呼為「老師」的，對於這個我是無言以對。

因此回到中村的時候，同學都像叫外號一樣叫我「安倍先生」。果然還是這樣叫我覺得最稱心。今年夏天也跟好多同學見了面。原畫展和漫畫講座他們都熱情地幫了很多忙，我非常感謝。

同學真是好啊。我覺得十八歲前都待在中村真是太好了。因為住在這裡，宿毛有朋友，清水也有。三元有，大月有，大方有，佐賀有，西土佐有，大正也有，就連去高知，也有很多在中村認識的朋友。我的腦子不好使，原本就沒打算去高知念書，現在更覺得沒去念高知的學校真是太好了。每次回老家都這麼覺得。

大家都老了，但內心還是跟以前一樣。不管是男生還是女生，都是在一起能讓人心情愉快的好人，真是開心。

當年可愛的香織、水留、弘子、洋子、小富、美知留、和枝和俊世，也都因為更年期滿頭大汗，老眼昏花，但還是很可愛。利美用同樣的聲音抽著菸；由香里嫁了年輕的老公，好像很幸福；小學時用躲避球砸得我抱頭鼠竄的高橋小百合，魄力和體力依舊。

過年時我再回去，大家一起喝一杯吧。

這回的閒話就到這裡結束了。

第十七回

我以〈人生海海，隨性遨遊〉為題，填了七段歌詞。

在成為漫畫家之前，我當了將近二十年的上班族，職業是廣告導演，負責製作電視廣告的分鏡和拍攝。因為工作不順利，所以改行當漫畫家，但拍廣告的經驗對畫漫畫非常有幫助。

像是從各個角度考慮一件事，分格和構圖的意義，以及如何吸引人眼球等等。要是沒有做過廣告的話，我可能也當不成漫畫家吧。

在辭職之前，我負責了某個金融機構的廣告企劃。

當時，在此之前只在深夜時段播放的消費金融廣告，開始在黃金時段

（晚上七點到十點）以十五秒為單位出售，「怎麼辦？找AIFUL」[1]之類的廣告紛紛大量播放。在這陣風潮中，因為消費金融追債而自殺的人相繼出現，引發社會問題。電視公司也很不景氣，贊助商不斷減少，不願放棄財力雄厚的消費金融小廣告。為了繼續播放廣告，便以廣告倫理為名，大張旗鼓地審查廣告的內容。

其結果就是在此之前還算自由的廣告企劃，現在只能保守地改換說法：「不要過度借貸，請有計畫地利用。」

我在這種情況下想出的企劃案就是「人生海海，隨性遨遊」。看起來像嬉皮的長髮男子（日本人），在夏威夷的威基基海灘一面彈吉他，一面唱歌。

「人生海海，隨性遨遊／人生海海，隨性遨遊／人生海海，隨性遨遊啊～」

然後出現標題和旁白：「不要隨性遨遊，請有計畫地利用。」

這個企劃理所當然地石沉大海。（有趣的企劃大部分都是這樣被埋沒的。）

但我很喜歡「人生海海，隨性遨遊」這個句子，在那之後，雖然沒有人叫我寫，我還是以〈人生海海，隨性遨遊〉為題，填了七段歌詞。

電視劇《深夜食堂》「貓飯」那一集，田畑智子小姐唱的就是演歌版的〈人生海海，隨性遨遊〉。然而當初廣告企劃的時候想的是民歌或鄉村歌曲。希望哪一天有人能用這些歌詞譜曲，我一直懷抱著這個無法實現的夢想。

現在〈人生海海，隨性遨遊〉真的變成歌曲了[2]！

作曲的是電視劇《深夜食堂》的片頭曲主唱鈴木常吉先生的友人，樂手SUEMARR先生。我知道SUEMARR先生翻唱高橋渡先生的曲子，非常出色，於是送上歌詞，拜託他：「是不是能做一曲呢？」他說：「真是撼動人心的歌詞啊！」之後便譜了一曲。

SUEMARR先生

我聽了好多次現場演唱，雖然是同一首曲子，但卻越聽越有味道。依SUEMARR先生的說法，就是歌曲已經沁入心脾了。

以下就請欣賞〈人生海海，隨性遨遊〉的歌詞吧。

〈人生海海，隨性遨遊〉

人生海海，隨性遨遊
人生海海，隨性遨遊
人生海海，隨性遨遊啊
從小開始不管到幾歲
都是人生海海，隨性遨遊啊

人生海海，隨性遨遊

人生海海，隨性遨遊
人生海海，隨性遨遊啊
小巷裡漫無目的蜿蜒前進
我最喜歡這樣了啊

人生海海，隨性遨遊
人生海海，隨性遨遊
人生海海，隨性遨遊啊
熱天在陰影下，冷天在日光下
靜靜地待著啊

人生海海，隨性遨遊
人生海海，隨性遨遊

人生海海，隨性遨遊啊
迷路和失敗
都是家常便飯啊

人生海海，隨性遨遊
人生海海，隨性遨遊
人生海海，隨性遨遊啊
雖然束手無策，但總有出路
這樣就好了，不是嗎

人生海海，隨性遨遊
人生海海，隨性遨遊
人生海海，隨性遨遊啊

雖然沒有運氣，但總有神明
我是這樣相信的

人生海海，隨性遨遊
人生海海，隨性遨遊
人生海海，隨性遨遊啊
人生海海，隨性遨遊
人生海海，隨性遨遊
直到人生終結為止吧……

1 日本知名的信貸廣告，廣告詞即是一句「どうするアイフル」（怎麼辦？找AIFUL）。
2〈人生海海，隨性遨遊〉收錄於SUEMARR於二〇一四年七月發售的專輯《MINSTREL》中。

第十八回

聽到「四萬十」這個詞，就高興得不得了。
這種心情，幡多的人應該都能理解吧。

《深夜食堂》在韓國改編成了音樂劇。

我跟別人提起這件事，幾乎所有人都露出「為什麼」的表情：「咦，音樂劇?!」

這倒也是。提起音樂劇，大家想到的都是《貓》或是《獅子王》那種演員唱歌跳舞、場景生動豪華的世界，跟樸實靜態的《深夜食堂》完全相反。

大約三年前（二〇一〇年前後），責任編輯告訴我韓國方面提出想改編成音樂劇，我聽到的時候也有同樣的反應。但是我也單純地想看看改編成音樂劇會是什麼樣子。原來在韓國，音樂劇比一般的舞台劇還要受歡迎。

《深夜食堂》韓國版漫畫在二〇〇八年秋天發售。

韓國國內發售的漫畫將近八成來自日本，韓國的大出版社設有專門評估要跟哪些日本作品洽談版權的部門。推薦引進《深夜食堂》的，是某出版社的女性員工。定價比兒童漫畫貴上將近一倍，裝幀也稍微豪華的《深夜食堂》決定出版時，沒有人能想像它的累計銷量竟然會高達三十萬部，甚至還改編成音樂劇。

「韓文版好像賣得很好呢。」責任編輯跟我這麼說。

「哇，他們看得懂這種況味，真沒想到啊。」我記得自己好像事不關己地這麼回答。

二〇一一年，我受邀參加首爾國際動漫節（SICAF），看見簽名會約有百人排隊，才第一次體認到作品的暢銷。韓國讀者好像以二十來歲的女性居多，音樂劇的編劇和作曲也都是女性（二十幾歲和三十幾歲）。

在韓國接受報章雜誌訪問時，我反過來發問：「《深夜食堂》的賣點在哪裡？」

被我這麼一問，好幾個人都回答：「在於被食物療癒。」然而那並不是我畫漫畫的初衷。

順便一提，前年韓國的關鍵字就是「療癒」，而且首爾市內拉麵店和炸豬排店之類的日本料理也持續增加，《深夜食堂》之所以受歡迎也或許跟這樣的背景有關。

現在來談談音樂劇。

我在二〇一三年二月初，到首爾大學路的某個劇場去看了戲。

舞台正中央是食堂的吧台和廚房，兩側（店外）的看板和巷景就跟黃金街實際的模樣相同。背景設定跟原作一樣在新宿，登場人物也全都使用日文名字。

開場了。老闆、小壽壽桑、麻里鈴、阿忠、茶泡飯三姊妹，和風見倫子的粉絲上班族二人組（這兩人在別的場景分別飾演阿龍和小弟阿健）出現在舞台上，靜靜地開始唱歌。歌詞是韓文，但看他們的戲服和氣氛就能立刻分辨出是什麼人。

我看到開場就覺得興奮，製作音樂劇的工作人員和演員一定都很了解《深夜食堂》。

來看戲之前，我先收到了劇作家Jeong Yeong小姐送來的資料，上面有開場歌曲的歌詞翻譯。

迷路的風　閉著眼睛來訪
在月光照亮的肩頭　稍事休憩
空蕩的風　被溫暖的月影充滿

悄悄地入眠　入眠
心靈寂寞的夜晚
平凡無奇的夜晚
回家也太寂寞
太陽下山的夜晚
不知今日如何度過
為了今日喝一杯
為了我喝一杯可好
輕拍肩膀　像是不說話的友人
像是總是在那裡　開朗微笑的你一般
安慰著我　猶如夜空的明星
黑暗的夜晚　狹窄的巷弄
深夜食堂　啊啊……

韓國音樂劇《深夜食堂》

劇本由十一故事組成，並沒有大幅改動原作，所以我雖然聽不懂台詞，還是能理解內容，開心地一直看到最後。

而且〈調味醬炒麵〉的故事也出現了。

曾經是偶像，現在成為女演員的風見倫子，她總是點加一顆荷包蛋的調味醬炒麵。有一天，老闆在上面撒了四萬十川的青海苔，那是她失蹤的父親在她小時候常做給她吃的味道……

在老闆的韓文台詞中，我清楚聽到「四萬十」這個詞的時候，就不知怎地高興得不得了。

這種心情，幡多的人應該都能理解吧。

第十九回

這家店就是我畫《深夜食堂》的靈感來源。

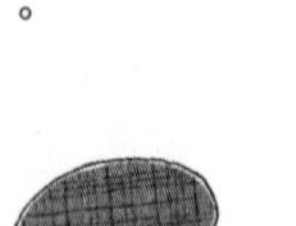

今年（二〇一三年）我也去了大阪南區的現場表演廳，聽桂雀三郎with滿腹BROTHERS的音樂會。我已經連續去了四年，加上七年前去過一次，總共五次。不對，連東京在內已經是第六次了。身兼主唱和吉他手的桂雀三郎是上方落語老師桂枝雀門下（第二弟子）的落語家。滿腹BROTHERS則是由擔任和聲與吉他，兼作詞作曲的REPEAT山中先生、貝斯手RISTORA久留島先生，和演奏平背式曼陀鈴的VOLCANO赤木先生三人組成。

這個樂團最紅也是唯一熱門的一首曲子是〈約德爾調吃到飽〉，這首歌用約德爾調[1]的清爽包裹著燒肉吃到飽的滿足感，是令人一聽難忘的名曲。

我第一次聽到這首歌時還是上班族。這首歌本來好像只在關西的部分地區為人所知，後來高田文夫先生在廣播節目中播放，又趕上狂牛病爆發前的「燒肉熱潮」，讓這首歌大受歡迎，他們才在東京開了第一場演唱會。那時的現場演唱收錄成《雀肉共食～雀大人聽到飽！～》這張專輯，我聽著聽著突然就變成鐵粉了。

除了〈約德爾調吃到飽〉之外還有其他名曲，有演歌、情調歌謠、民歌風，有探戈和進行曲等曲風包羅萬象的日本歌曲，充滿了昭和歌謠黃金時期的趣味。對喜歡昭和歌曲的我來說，真是好聽到了極點的專輯。

作詞作曲的REPEAT山中先生歌詞的語感和曲調之神妙，就如同執筆專輯解說的落語作者小佐田定雄先生所形容，「雖然是第一次聽，但卻覺得懷念。」好幾首歌都是如此，歌曲之間還穿插著雀三郎先生的串場口白。不愧是落語本事和腦袋都閃閃發光的大師，連串場口白聽起來都像落語的引子那麼有趣。

我住在大阪的高級住宅區京橋，那裡據說是大阪數一數二的超高級住宅區，但一大清早就有醉漢滿街亂跑……

這是專輯中第四首〈櫓串燒店進行曲〉之前的串場口白。當時雀三郎先生位於京橋的住家附近，有一家叫做「櫓」的小串燒店，他好像每天都去那裡吃喝。「櫓」從半夜十二點開到清晨，客人從藝人、小酒館的媽媽桑到計程車司機，各式各樣有趣的人都有……對，我這麼寫應該有人會靈機一動聯想到吧！這家「櫓」就是我畫《深夜食堂》的靈感源頭。

辭掉工作，以漫畫家身分出道三年後，我遇到了瓶頸，那時編輯部的H先生建議我畫跟食物有關的漫畫，我就想起了在上下班途中反覆聽的專輯裡的串場口白和〈櫓串燒店進行曲〉。這件事在單行本發售時，我在《讀賣新聞》的訪談上說過，有些人已經知道。

二〇〇九年年底，在電視劇《深夜食堂》的慶功宴，製作單位MBS每日放送的日高先生對我說：「下次一起去櫓串燒店好嗎？」

日高先生的夫人美惠女士在大阪從事落語相關的寫作，不但認識雀三郎先生，也常去櫓串燒店。電視劇播出時，她偶然在電車上碰到雀三郎先生，雀三郎先生走到美惠女士身邊，好像很開心地說：「《深夜食堂》是以櫓串燒店為原型的吧。」

如此這般，次年（二〇一〇年）五月的音樂會上，雀三郎先生在唱〈櫓串燒店進行曲〉之前，提到這首曲子就是《深夜食堂》的靈感來源。演唱結束後，我在日高夫婦的介紹之下，也參加了慶功宴。

我受到多年來一直聽的專輯裡的音樂家們熱烈歡迎，同桌喝啤酒。櫓串燒店的小哥就坐在別桌，〈櫓串燒店情話〉中唱的「櫓」小哥的太太京子女士、〈戀愛登記測量事務所〉的川中先生也在。雖然都是初次見面，但毫不

桂雀三郎 with 滿腹 BROTHERS

感覺拘束。他們都是我在雀三郎先生的歌裡早就熟識的人。此外還有其他鐵粉，真是有如作夢般不可思議的一刻。

兩個月後，在雀三郎先生的落語會結束後，我第一次掀開「櫓串燒店」的門簾。雀三郎先生和弟子雀喜先生、雀五郎先生、日高夫婦和我，吃著大師推薦的串燒「雀先生組合」，以及出名的赤飯串燒，痛飲了一頓。

「櫓串燒店」如今從京橋搬到了寺田町，營業時間是下午五點到晚上十一點，很正常的時間帶。去大阪時要是想起它來，請去造訪看看。地址只要搜索「串カツやぐら」就可以找到。此外，收錄了〈約德爾調吃到飽〉等諸多名曲的精選專輯《雀肉共食》由東芝EMI出品，好評發售中。請一定要聽一次，會逗人笑的。

---

1 Yodeling，又稱約德爾唱法。快速且反覆地真假音轉換，產生一連串高低音的歌唱方法。

第二十回

有時候我會彈錯，而父親總是閉著眼睛傾聽。這是我跟父親共度的最後一個夏天的片刻。

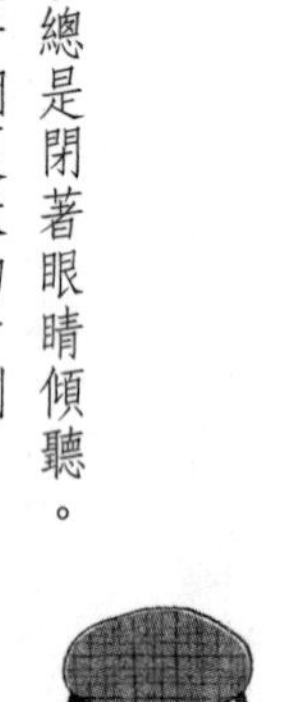

哎喲，今年（二〇一三年）的夏天好熱啊。

江川崎成為日本最熱的地方的那一天（八月十二日，四萬十市江川崎最高氣溫四十一度，刷新了日本國內的最高溫紀錄），我正好在中村老家裡。東京的朋友們傳了好多簡訊問我：「還好嗎？」電視新聞和情報節目不停地報導，四萬十市也突然有名了起來。雖然我不知道這算不算是好事……

中村跟東京似乎每年都越來越熱。我一直到十八歲以前，在中村度過的夏天都算涼爽，並不會熱得難受。

我想試著寫下幼時暑假記憶的片段。

小學一年級的夏天，我們每天早上都在岩崎神社底下的公園集合，一起做廣播體操。這是放暑假前，由中村小學的地區兒童會（住在同一區的一到六年級學生團體。我住在彌生町，大概有二十幾個人）決定的。做完廣播體操之後，還會跟高年級的哥哥姊姊玩一下躲避球。當時中村小學全校師生大約一千兩百人。中村這地方有很多小朋友。

小學二年級夏天，我去了大阪萬國博覽會。當時火車還沒有開到中村，得搭巴士到佐賀（現在的黑潮町佐賀）。國鐵的中村線通車是在那年（一九七〇）的秋天，從車站到市公所，大家都提著燈籠遊街慶祝。

小學三年級的夏天，我每天早上都在赤鐵橋上跑步。人行道上滿是前一晚被橋上燈光吸引而來的昆蟲屍體。我把蟲子撿起來，做成暑假昆蟲採集作業的標本。

晚上，我們掛著蚊帳睡覺。那時我在主屋和祖母一起鋪著被子睡覺，祖母會在旁邊替我搧扇子，直到我入睡。

我很喜歡跟暑假返鄉的表兄弟一起玩。去海邊啦，放煙火啦，玩夾將棋和抽棋子（把將棋高高疊起，然後不發出聲響地拿走）、將棋骰子（迴轉將棋，用金將棋子當骰子扔，然後走步。這在我們家就叫做將棋骰子）之類的遊戲。

舉辦市民祭典時，我們都在大橋路的南大門旁邊看歌舞遊行。跳舞的人雖然都不認識，但還是會下意識地找尋是不是有同年級的女生，可能是從那時就開始意識到男生愛女生了。

暑假時總有一兩個颱風。聽說「颱風要來了，要來了」的時候，不知道為什麼總是覺得很高興。

我家位於中村比較低窪的地區，每年都會淹水（地板下方進水）。記得小時候看到鞋子隨波逐流，我哭了起來，還擔心水池裡的金魚和鯉魚會逃走。水退了之後，會把榻榻米掀起來，將市公所發配的白色消毒粉撒在地板下面。這就像是每年的例行公事。

小學六年級的夏天，我和表兄弟每天都去中村小學的游泳池游泳。那一年（一九七四）安並有了活水游泳池，附近的人蜂擁而至，活水游泳池每天都像是下餃子一樣擠。

然後，這也是每年都會發生的事。八月三十一號，我含著眼淚，趕著幾乎都沒做的暑假作業直到半夜。

中學一年級夏天，全班同學一起騎自行車，從中村到位於山田（宿毛市）的導師S老師的家。這時的記憶非常鮮明，三十六年後的同學會上，大家還當成話題討論。有擁有共同回憶的友人，我覺得是非常幸福的事。

中學三年級的夏天，我每天看一本吉川英治的《宮本武藏》。

高中三年間，我以自己那種大概沒什麼效率的方法準備考試，大半時間都伏案念書。那個時候背的英文單字，我現在一個也不記得了。

我念書的時候，父親偶爾會來看我。他坐在書桌旁邊，我反覆在筆記本

上寫單字，一邊背誦。

他在一旁默默看著，然後找空檔說：「來下一盤吧。」

「嗯，來下啊。」我回道。

我們在緣廊上擺棋盤，父子下五子棋。（雖然是五子棋，但規則是夾在兩顆並排棋子間的子就可以拿走，只要先連成五子，或拿到十子就贏了。）

傍晚，父親拿長柄的杓子舀池塘裡的水澆庭院裡的花，四周會一下子就涼快起來。

父親一如既往地穿著一件四角內褲坐在緣廊，支起一條腿抽菸。我在旁邊吹口風琴，曲子都是〈濱千鳥〉、〈波浮港〉、〈貢多拉船歌〉等日本老歌。有時候我會彈錯，而父親總是閉著眼睛傾聽。

這是我跟父親共度的最後一個夏天的片刻。

第二十一回

「真是堂堂男子漢啊！」我屏著息一個勁地望著他。那是我唯一一次見到手塚老師。

當上漫畫家的好處之一就是能見到其他的漫畫家，這真的很讓人高興。去年去世的柳瀨嵩老師，曾經在漫畫家協會獎的頒獎典禮上，替我親手掛上大獎的獎章。頒獎典禮的司儀是田中滿智子老師；會場上有畫《小拳王》的千葉徹彌老師、畫《天才小釣手》的矢口高雄老師、畫《銀河鐵道999》的松本零士老師、畫《魔太郎來了!!》和《漫畫道》的藤子不二雄Ⓐ老師、畫《小淘氣達美歐》的森田拳次老師等人，好多我從小在書本雜誌上看過的漫畫家老師齊聚一堂，熠熠生輝，我能敬陪末座真是欣喜萬分。

日本漫畫家協會頒獎典禮上的柳瀨老師和我

我第一次親眼見到的漫畫家是黑鐵弘先生。（黑鐵先生是同鄉前輩，稱呼他「老師」感覺不太對勁，所以就很失禮地稱呼他為「先生」了。）

那是我高中一年級時發生的事。高知市舉辦了縣內出身的漫畫家原畫展，我在簽名會上見到他。當時上電視猜謎節目《QUIZ DERBY》的原平老師很受歡迎，會場貼著原平老師名字的座位前大排長龍，但我毫不猶豫地走去黑鐵先生的座位前排隊。黑鐵先生在某週刊雜誌卷末連載的漫畫好有趣，他出的單行本我也擁有好幾本，我那時正是受他的影響才開始畫漫畫。

排在我前面的是大約小學二年級的男生，陪著他來的媽媽叫他去原平老師那裡排隊，他就去了。黑鐵先生先到達會場開始簽名，那個男生可能又聽他媽媽說了什麼，竟然回到我前面插隊。我很不高興，但是什麼也沒說，真是太窩囊了。

黑鐵先生用令人讚嘆的流暢筆法畫畫簽名，畫的多半是他慣畫的狸貓。輪到回到我前面插隊的男生時，黑鐵先生稍微多花了一點時間，畫了「赤兵衛」。「好好啊～」接著終於輪到我，畫卻又變回了狸貓。

我雖然得到了簽名畫，但是並不高興。我好想跟黑鐵先生說：「剛才那個小鬼一直在排原平老師的隊喔！我可是大老遠從中村跑來的。」

要是能再見到黑鐵先生，我還是想跟他說這件事，但到現在都還沒有機會。（我也真會記恨啊，分明已經是三十幾年前的事了。）

見到手塚治虫老師，是大學二年級的夏天。

「漫畫博覽會」在上野的森美術館舉行，六所大學的漫畫研究社在會場擺了攤位，我去那裡打工。

會場突然之間騷動起來，我還在想是怎麼回事啊，放眼望去，就看見許多人聚集在會場入口。人群中不就是那位戴著眼鏡和貝雷帽，穿著咖啡色的外套，在大家簇擁下面帶微笑，常在雜誌和電視上看見的那個人嗎！

「手、手、手塚治虫!!」

手塚治虫筆下的自己有點虛弱的感覺，但手塚老師本人卻是身強體壯，讓人印象深刻的體型。「真是堂堂男子漢啊！」我心裡這麼想，屏著息一個勁地望著他。那是我唯一一次見到手塚老師。

二〇一三年六月，新田龍雄老師以《內衣教父》獲得漫畫家協會獎，我是在得獎的慶功宴上見到土山滋先生的。土山滋先生創作出《極食王》、《極道美食王》等大受歡迎的扎實食物漫畫。從大把抓丼到大口扒豬排丼、親子丼，到唏哩呼嚕熱騰騰的粗拉麵、厚片叉燒等等，有著許多光是想像就讓人直吞口水的描寫，是我很想見上一面的漫畫家。

「唉喲，安倍先生，我一直很想見你一面呢。」土山先生這麼跟我說。雖然手法和主題不一樣，但我們都畫食物漫畫，有共同點而備感親近。土山先生和相交甚篤的《妙廚老爹》作者上山栃先生，加上編輯和我一共四個人，前些日子去了池袋的ＫＴＶ。

這也是當了漫畫家才有的樂趣。我很期待未來的交流。

第二十二回

最近除了頭髮，
還有很多地方也讓我感覺到自己「老了」。

春天好像是貓咪換毛的季節，但我的頭髮卻是掉了就不再長。最近真的狀況嚴重啦。

幾年前回老家時，母親在我之後去浴室洗澡，在排水口看見大量的頭髮，大喊：「這可糟糕啦！」於是我擦了母親的「加美乃素[1]」。但如今也顧不上這些了，照片上的我看起來額頭一年比一年高，髮量也越來越少。特別是開始當漫畫家之後，狀況就日漸嚴重。不知道只是年紀大了，還是創作的壓力所致；總之，我忍不住地覺得自己就像〈報恩的鶴〉裡，鶴以自身羽毛編織衣裳一樣，從自己頭髮的養分中擠出漫畫的靈感。

年過五十歲，聽同學們說，就是小孩考大學或結婚，開始抱孫子，進入更年期，生活中出現各種變化的時候。我從十八歲來到東京之後，就一個人獨居，做的事情也沒有特別大的改變，在心情上跟十八歲時相差不遠。我本來就顯老，到了現在這個時候，反而看起來比實際年齡年輕。但是最近除了頭髮，還有很多地方也讓我感覺到自己「老了」。

我成天忘東忘西，想不起別人的名字。我記得演員的長相跟戲裡角色的名字，卻叫不出本名。某本小說印象中很好看，但內容我完全忘得一乾二淨。然後就是想不起重要的東西收在什麼地方。我記得特別收了起來，但卻忘記收在哪裡，真是太悽慘了。本來還在手邊的東西，常常下一刻就開始到處找。

通常，我幾乎整天都伏案工作。有點老花眼，但因為本來就有近視，只要拿下眼鏡就能看清手邊的東西，所以我工作時都不戴眼鏡。漫畫畫著畫著，不知不覺間桌上就變得亂七八糟，堆積著資料啊、紙張啊、筆記用具之類的東西。專心畫畫的時候，一下子就不記得什麼東西放在哪了，整天都在桌子上翻找。

我最常找不到的就是尺。大家都知道尺是透明的，不戴眼鏡就看不見。想戴起眼鏡找尺，卻不知道眼鏡跑哪裡去了。明明要找尺，卻反而先找起了眼鏡。而且沒戴眼鏡時要找眼鏡更是麻煩，最後氣得都快爆炸了。

於是我最近把眼鏡盒放在伸手可及之處，裡頭放一副找眼鏡時用的眼鏡。

最後做個廣告。

二〇一四年三月底，我出了第一本雜文集《酒友，飯友》（實業之日本社出版）。

這本文集就像《深夜閒話》的另外一個版本，由銀帶鮄、卷貝、青海

找不到……

苔、津蟹、山芋等幡多的食物和家人的回憶組成。

此外，《酒友，飯友》還收錄了以電子書形式連載的「〇〇之女」系列（〇〇是地名），和刊頭的《深夜食堂》內幕短篇漫畫。

封面圖是「赤鐵橋」。歡迎去書店選購。

1 日本的生髮、護髮劑品牌。

第二十三回

每次我都打算多少寫點值得一提的事……

二〇一四年四月的原畫展「酒友，飯友　深夜食堂」，承蒙大家大駕光臨，非常感謝。

這次是中村高中漫畫研究會的同學，做設計的西內君替我做了海報。然後也由同學們分頭在幡多郡到伊予各處張貼。有人是看到海報從縣外來的，真的是非常感謝，在此對大家致上謝意。

接下來是「深夜閒話」。

每次我都打算多少寫點值得一提的事，但這次實在寫不出來。四五六月都很忙，也沒有點子可寫。

這次我就以日記的形式記錄一下自己的近況。

四月某日。以前在這裡寫過，由我作詞的〈人生海海，隨性遨遊〉一曲收錄在專輯裡了。SUEMARR先生問我能不能當和聲，於是我就到製作人櫻井先生家去錄了音。「人生海海，隨性遨遊／人生海海，隨性遨遊／直到人生終結為止吧……」我的CD處女作預定在七月下旬發售。

四月某日。回中村參加原畫展，好多人都大駕光臨。我每天晚上都跟朋友喝酒，最後疲累地回到東京。

四月某日。跟編輯開會討論《深夜食堂》在這期雜誌封面的彩頁，食材決定用有春天味道的綠色蠶豆。主角則是我以前就想畫的一色先生。一色先生是住在我附近的三大「假髮大叔」之一。最初在定食店碰到他時，他穿著淺藍色襯衫和淺藍色毛衣，淺藍色長褲加淺藍色鞋子，還提著淺藍色的手提包。那個時候，我心想：「啊，這位大叔喜歡淺藍色啊。」但後來在別的日子看到他，卻從上到下全身都是黃色。接著我每次看見他的時候，不是一身咖啡色就是一身灰色，總之他好像喜歡做同色系的打扮。這不正適合當彩頁的主角嗎！

四月某日。在高円寺HACO唱昭和KTV。這個飆歌聚會大約兩個月舉辦一次，由我定下關鍵詞，然後大家就唱含有那個關鍵詞的昭和歌曲，參加者大概八到十人。這回的主題是「夢」，我唱了〈常懷夢想〉等六七首歌。

四月某日。雙葉社即將於七月出版《四萬十食堂》，安排我和合著的左古文男先生對談。《四萬十食堂》是一本介紹幡多地方「食物」的書，有漫畫有專欄有對談，還有連本地人都不知道的資訊。左古先生也是中村出身，上過中村小學、中村中學，是大我兩屆的學長。

五月某日。我的原畫展在東京高円寺NORAYA居酒屋展出。第二天電視劇《深夜食堂》和NHK晨間連續劇《多謝款待》的美食設計師飯島奈美小姐和助手都來了。當時她教了我義大利菜。鹽漬的土川七炒五花肉，再以胡椒鹽調味就很好吃，請一定要試試看。

原畫展期間《深夜食堂》的粉絲、酒肉朋友、編輯、漫畫家、宿毛灣漁業協會的櫻本先生和茨城先生、中村中學跟高中的同學、早稻田大學漫畫研究社的學長們、電視劇的飾演茶泡飯三姊妹的小林麻子小姐和吉本菜穗子小姐都來了，還有在街頭看見傳單而來的路人。居酒屋限時供應的四萬十佛手柑沙瓦和宿毛灣直送的炸銀帶鯡魚也大受好評。

五月某日。這天是淺草三社祭，編輯本間先生和新大橋居酒屋才古屋的師傅邀我一起去看祭典。不知怎地突然就穿上了法被和綁腳褲，抬起神轎來了。我在中村連提燈台都沒拿過，竟突然就在三社出道了。我根本不是這塊料啊。

五月某日。去大阪聽桂雀三郎with滿腹BROTHERS的現場演唱，還去了慶功宴。

淺草三社祭時，替我綁頭帶的才古屋師傅

五月某日。在《週刊讀書人》上每月畫一次的〈文學時刻〉交稿。這個月畫了短歌詩人兼劇作家寺山修司騎著賽馬HAISEIKO昇天的模樣，一人一馬的忌日都是五月四日。

六月某日。我把宿毛灣漁業協會送來的銀鯡魚送到小學館BIG COMICS ORIGINAL編輯部，又滿身大汗地送了兩箱去才古屋。之後我去了秋葉原，和惠比壽的日本料理店「贊否兩論」店主笠原將弘先生對談。笠原先生是個簡直要喝到痛風的啤酒派。他的店人氣鼎盛，非常難預約，但本人卻謙虛又豪爽，我已經成為他的鐵粉了。笠原先生好像也看過所有的《深夜食堂》。

六月某日。我煩惱寫不出「深夜閒話」的稿子，但還是設法擠出來了。

那麼我們下回見啦。

第二十四回

同學會是我的（漫畫）靈感寶庫。

我每次回老家都會想起一件事。

那就是藤子不二雄Ⓐ老師的自傳漫畫《漫畫道》的某個段落。

同時進行幾個連載，開始踏上漫畫家之路的滿賀道夫和才野茂，來到東京後第一次回富山老家。回鄉期間原本打算悠閒一陣子後就開始工作，但也許是太過鬆懈，竟沒有任何靈感。日子一天一天過去，東京的出版社來催促快點送出原稿，電報一封接一封地拍來，越著急就越是想不出點子，結果所有的原稿都交不出來，連載也被砍了。

當了漫畫家之後，盂蘭盆節和新年回老家時，我都會想起這個段落。

今年（二〇一四年）夏天，中村中學在于蘭盆節假期舉辦了同學會，我也回老家參加。前一天我就交出了《深夜食堂》的原稿，比截稿日期提早了三天。

世上似乎分成兩種人，有人喜歡同學會，也有人討厭同學會。有人想見某某同學，也有人覺得現在跟老同學見面沒有意思。我屬於前者，是喜歡參加同學會的類型，理由是「同學會是我的（漫畫）靈感寶庫」。

當電視劇的畫面出現「二十年後」的字樣，演員們就會換上老了二十年的妝容和服裝登場。去參加同學會，則可以看見實際的「二十年後」。

「電視劇就是描繪人的變化。」這是在大學念書時，劇作家高橋玄洋老師說過的話。我看著同學們的面孔，想起他們過去的樣子，然後在腦中想像他們的「變化」，找尋漫畫的靈感。

這次的同學會，有中學畢業以來整整三十七年不見的人。有瘦了的、胖了的、禿了的、變了的、沒變的、看起來年輕的，和老得厲害的人……儘管外表各不相同，但還是看得出從前的影子。大家都已經五十一、二了，都帶著跟年齡相稱的美滿表情。

同學會上最有人氣的，依然是以前就受歡迎的男生和女生。不管是禿了還是胖了，外表雖然改變，透過中學時期的濾鏡，影像就能自動在腦中修正。反正內在是沒怎麼改變的啦。

當初預定在同學會上找靈感，然後在回鄉期間想好下一回的故事。但是點子並不是樹上長的，這次同學會的見聞我得先消化一下，再看看能不能用上。我每天晚上都吃飯喝酒，喝了酒後，隔天早上腦子就不好使了，白天又約了朋友見面。結果既沒靈感也想不出故事，轉眼就到了回東京的日子。《漫畫道》的段落在我腦中掠過。

深夜食堂的老闆小林薰先生

結果回東京的第三天，我才把點子整理好，靈感是回老家的期間在居酒屋裡聽到的。故事的構成則是到了截稿前五天才搞定。

這次也驚險地避開了《漫畫道》，然而現在正在寫「深夜閒話」的我，背後仍舊有急速逼近的截稿期……

最後有一兩件事要告訴大家。

高知電視台即將播放《深夜食堂》電視劇第三季。雖然時間有點晚，請在睡覺之前輕鬆地看。主演當然是小林薰先生，片頭曲則是大家所熟悉的鈴木常吉先生的〈回憶〉。

還有就是二〇一五年一月，《深夜食堂》電影版要上映了。

第二十五回

從電視劇第一集開始就讓我瞠目結舌——

開始畫《深夜食堂》的時候，就想過要拍成電視劇。

佈景只有食堂內部，其他出外景就好。節省美術費用，就可以把錢花在卡司（配角）上，拍廣告的我是這麼想的。但導演松岡先生和美術指導原田先生卻做出超出我想像的場景，創造令人嘆為觀止的《深夜食堂》世界觀。

從電視劇第一集開始就讓我瞠目結舌，往後追看第二集、第三集，劇情就更寬廣、更細緻了。《高知季刊》來採訪的松田先生，看見店門口破舊的洗衣機上放著枯萎的盆栽，覺得非常感動。

屋外瓦斯表上的灰塵、髒汙的看板上寫著小酒館含意深遠的名字，這些細節的累積讓畫面更有深度，激發出演員的演技。

我看了電視劇的拍攝花絮，演員先是為場景感到驚喜，接著可以感覺到他們以愉快的心情參與演出。再加上以主演小林薰先生為首，大家都是演技精湛的演員，每句台詞、一舉手一投足都充滿戲味，我覺得真是太好了。

「台詞少真好，合演的演員跟我這樣說，我也覺得自己不像主角呢。」聽茶泡飯三姊妹的吉本菜穗子小姐提起，小林薰先生曾在訪談中這麼說。

據說在電視劇某一集裡，小林先生說過：「這麼做作的台詞我講不出來。」在導演再三拜託之下，他還是講了那句台詞，接著又說：「這裡還是很棒的（然後拍拍導演的手臂），但這句就是不對啊。」

吉本小姐非常佩服地這麼描述。

繼電視劇播出之後，電影也要在一月底上映了。我在電影的宣傳冊裡寫了以下這段話。

在我的小桌子上出生的角色們化為真人，聽到他們在電視上唸出我寫的台詞，覺得雞皮疙瘩都起來了。這次則是在大銀幕上演出我所不知道的故事。老闆住在什麼樣的地方呢？那位女士是什麼人呢？走進那條巷子，啊，原來是這樣啊……真是有無窮的趣味。能見到深夜食堂吧台前的各位演員，也非常令人期待。

啊啊，要是太陽館（中村最後一家電影院，二〇〇五年歇業）還營業就好了。是我太晚當上漫畫家了吧。

二〇一四年十一月，《大眾週刊》（雙葉社）開始連載〈大眾週刊食堂〉，由我和《四萬十食堂》的合著者左古文男先生，一起介紹舒適的居酒屋。東京、大阪、神奈川以及高知等地讓人驚豔的店家紛紛登場。

這一期的《大眾週刊》（二〇一五年二月二號發售）介紹了土佐清水的

「倍良燒　西村」。

在中村出生的我一直到五年前才知道清水的靈魂食物「倍良燒」。倍良燒就像是很薄很薄的御好燒，材料是炸魚肉糜和大量的蔥。西村的阿嬤在炭火燒的鐵板上一片一片地烤。調味有辣味、普通和甜味三種醬料，供客人自行選擇，再依喜好撒上柴魚片。

五年前清水的朋友帶我去吃的時候，老實說我並不覺得好吃。而這次為了採訪再去吃，卻覺得頗有滋味。

平常吃的東西太過好吃是不行的，最重要的是讓食物「剛剛好」，不要太過好吃。太過好吃會不自覺吃過量，然後就吃膩了。西村在這方面的分寸拿捏稱得上絕妙。

這麼寫著寫著，我又想吃那裡的倍良燒了。西村不賣酒，下次去的時候我要在附近買啤酒帶去。

「倍良燒　西村」的阿嬤

第二十六回

三十四年前赤手空拳來到東京，靠著簡單的家具，開始了一個人的生活。

今年春天（二〇一五年）我姪兒上東京念大學，開始了獨居生活。

自己一個人過著趕稿的日子，就只能透過冷或熱來感知季節。猛一回神，已經是春天了，是剛畢業和剛入學的季節。

三十四年前的春天（這麼寫著，就覺得真的是好久以前啦），我也在東京開始獨居生活。最初的一個月，是住在恩師S老師位於馬喰町的套房。我第一次獨自一人在陌生的東京居住，每天只在大學和住處間往來，沒有認識的人，在學校裡也顧慮自己的方言，不跟任何人說話。當時不像現在有手機，套房也沒有電話，所以沒有人和我聯絡。完全沒有日常會話的生活，就連孤僻的我也覺得難熬。與其說是寂寞，更讓我感到不安的是如果就這樣死了，也不會有人發現……

「叮咚！」

有一天，套房的門鈴響了。東京應該沒有人知道我住在這裡……我遲疑地應了門。

「安倍同學，我是O啊。」

中村高中的同學O向我老家打聽我的住處，找到這裡來。

這真是絕處逢生。我毫無顧忌地說著好久沒說的幡多方言，在O的勸酒下喝了大量啤酒，醉得東倒西歪。O在代代木SEMINAR補習，聽說中高（中村高中的簡稱）的同學有好幾個都在東京準備重考。

四月中，我經由學校生活輔導課的介紹，搬到了中野的公寓。那是離車站走路十五分鐘，兩層樓的水泥建築。空間兩坪半，附有小廚房，沒有浴室，廁所共用，房租連管理費是兩萬一千日圓。洗澡要去澡堂，我認識的人住的公寓都沒有浴室。當時從外地來東京的大學生多半都住在這樣的地方。

家具只有從老家送來的被褥、暖桌（現在也當桌子用）、書櫃、電鍋、一人份的碗筷和一點廚具而已。後來又添購了冰箱、檯燈和收音機各一。

我在來東京的第八年、開始工作的四年後，才搬到有浴室的公寓。

在自己的浴缸裡放洗澡水泡澡時，我不禁感慨自己終於走到了這一步。現在住在有浴室的地方，對學生而言已經是理所當然的事。泡沫經濟時期，澡堂紛紛關門，沒有浴室的公寓越來越難居住，據堅持住到最後的朋友說，不知不覺間除了他之外，其他的房客都是外國人了。

有浴室當然比沒有好，但要在東京住上有浴室的房子，就算地段有差，最少也要六萬日圓。再考慮生活費和學費，出錢的人還真辛苦。

「要送兩個孩子到東京上大學，好不容易啊。」一月時來我家參加新年聚會的Ｈ君這麼說。

穿著運動服、短外掛去澡堂洗澡，順便到自助
洗衣店洗衣服（1981年）

我在中野的時候，Ｈ君就住在我附近，常常過來玩。以前拿家裡的錢在東京求學的同學們，現在已經成了送錢到東京的那一方啦。

我也有全家住在東京的朋友。就業，結婚，生子，養小孩。大家都跟我一樣，三十四年前赤手空拳來到東京，靠著簡單的家具，開始了一個人的生活。

我現在仍舊單身，跟當年來東京時沒有太大的差別，但住的地方變得寬敞多了，家具也增加了。當年根本沒想過能成為漫畫家，而現在我已經以漫畫為生了。

剛開始一個人在東京生活時，雖然有夢想，也有希望，但更多的是對未來的不安，完全無法想像會成為現在的自己。雖然這是理所當然的啦。

我並不想回到那時的自己，但要是有時光機，能跟十八歲時的自己見面的話，我想請他去黃金街喝一杯，然後對他說：「雖然事情不能盡如人意，但不需要自暴自棄。只不過不要太期待結婚就是了。」

第二十七回

「總有一天會出現中村高中出身的漫畫家。」
這句話能實現，真是太好了。

「構築新夢想」也是我們大家的夢想。那個夢想是未曾抵達的自我世界，也是推動中村周邊的漫畫文化。打造這個夢想，只能靠我們的感性、筆和一張製圖紙。然而，正因為只有這樣，才能建構出一個非常寬廣的世界。

我保證總有一天，會出現中村高中出身的漫畫家。

這是一九八〇年，我念中村高中三年級的時候，H老師要我替中村高中校友會通訊寫的文章。我在老家整理東西時，這份稿子和當時畫的漫畫原稿一起收在紙箱裡。

一開頭「構築新夢想」是引用草野心平做詞的中村高中校歌裡的一句「追求真與善，構築新夢想」，現在看來真是很做作的文章，讓人不禁苦笑，但當時是我的真心話。文末「總有一天會出現中村高中出身的漫畫家」這句話能實現，真是太好了。

二〇一五年八月三日到十六日，四萬十市制施行、合併十週年的紀念活動中，我和《BTOOOM!驚爆遊戲》的作者井上淳哉先生、《摩登大法師》的作者森山大輔先生，和《四萬十食堂》的合著者左古文男先生一同舉辦漫畫原畫展和工作坊。

我想應該已經有人知道了，井上先生和森山先生都是我們中村高中漫畫研究社出身，比我先出道成為漫畫家的優秀學弟。

他們倆是中村高中的同學，畢業之後進入同一間專科學校的電腦繪圖科，住在東高円寺同一所公寓（房間不同），一起朝漫畫家的目標努力。在那之後，他們分別進入不同的遊戲公司工作。森山先生比較早成為漫畫家，二十七歲就出道了。他的出道作品《摩登大法師》一出版就大賣，之後又畫了《World Embryo救世之繭》，現在他的新作《願君勿死》正在《月刊BIG GANGAN》上連載。

井上先生則在三十歲時出道。契機好像是在COMIC MARKET上受人招攬，出道作品是《靈幻使者》。二〇〇九年開始連載的《BTOOOM!驚爆遊戲》大受歡迎，現在則同時連載《BTOOOM!驚爆遊戲》（月刊COMIC@BUNCH）和《La Vie en Doll人偶人生》（JUMP改）。兩人都是非常活躍的當紅漫畫家。

我是在辭掉工作那時看到《靈幻使者》的吧。現在已經關門的天神橋辰巳書店的小老闆跟我說：「這是中村出身的漫畫家喔。」那個時候我心想：

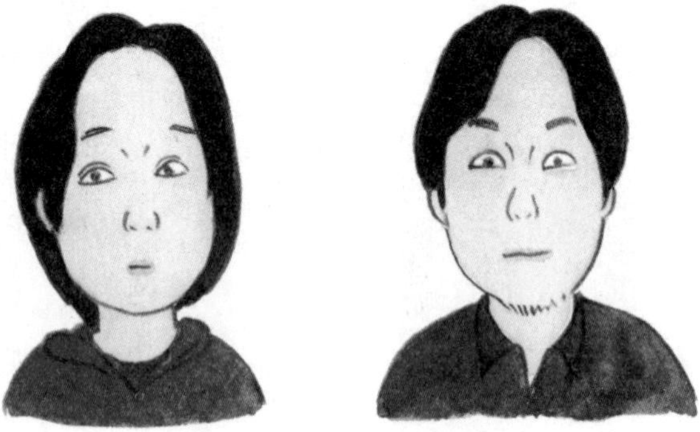

森山大輔先生和井上淳哉先生

「啊，被人超越了啊。」心中有點不甘心。

《深夜食堂》拍成電視劇之後，漫研的同學和學弟妹在新年時，為我舉辦了一次聚會。那時我的同學H君做了一番調查，除了我以外，中高的漫研還有三個人也成了漫畫家。其中一位就是井上先生，我聽到他和同學森山先生都是大受歡迎的漫畫家時，完全忘記被人搶先的不甘心，只覺得非常開心。在中高創辦漫研真是太好了。

三人中的另外一人（除了我以外），是繼我之後當漫研社長的M君。M君從學生時代就當山本直樹（當時叫森山塔）先生的助手，後來代替森山先生畫原稿而出道（又稱代理原稿），以成人系的漫畫活躍於業界。在前仆後繼、競爭激烈的漫畫界，能走紅將近三十年，實在非常不容易。M君的筆名叫做「飛龍亂」，他才是我們中高漫研的第一位漫畫家。

第二十八回

等我成為漫畫家，一定要在中村舉辦展覽會。想看的話就到中村來！

高知（市）一直是我過門不入的城市。

學生時代，我曾在念高知大學的同學那裡借宿，我妹妹也住在市內，我去她那裡住過好多次，但對我而言，高知仍舊是個不熟悉的陌生城市。

現在，從中村到高知只要兩小時車程，是可以開車去看個電影這種不算遠的距離。但我小時候高知這個地方，是得一大早就到中村車站查票口，排隊搭上火車，途中經過好多個山洞（我常常算經過幾個山洞），停車讓好多輛特急列車先過，還要經過須崎的石灰挖掘場，整整兩個半小時，最後越過仁淀川的鐵橋，才總算能看到的地方。

那裡有路面電車，和一家叫做大丸的百貨公司，中村只有一條商店街，在這裡卻是綿延彷彿沒有盡頭；人們說著「～喲」（～しゅう）、「～呀」（～やき）等等和幡多方言語尾及腔調都不同的話，看起來很高雅。這就是高知。

雖然同屬高知縣，但幡多人卻認為自己和高知人不同。一是因為相隔遙遠，二是言語上的差異。此外還有對高知不明原由的抗拒感，總覺得他們遣詞用字有種冷淡高傲（好像很了不起似地）的感覺。（事實上並沒有就是了。）

凡稍微有點規模的活動，一定會在高知舉行，非得大老遠跑到那裡不可。（這句話其實也有地方對中央嫉妒的成分在內。）

高中一年級時去看的本縣漫畫家的展覽會，也是在高知舉辦。我看見市內學生們的漫畫也在那裡展示，覺得很不爽，才想到要在中村高中創辦漫畫

我從小就認識的阿黑（黑笹慈幾先生）是《高知新聞》的專欄作家。他的歌聲優美，是我在高知的KTV夥伴。

研究會。「不過是住在高知市內，這種程度的漫畫就能拿出來展示……好，等我哪天成為漫畫家，一定要在中村舉辦展覽會。想看的話就到中村來！」就因為那時這麼想著，所以我的原畫展一直都在中村舉行。（只有一次在高知的藁工美術館舉辦小型的原畫展。）

這次承蒙橫山隆一紀念漫畫館相邀，二〇一五年九月十九日起到十一月二十三日止，將在高知市文化中心舉辦「安倍夜郎～歡迎光臨深夜食堂～」的展覽。

剛剛我才寫過不喜歡在高知辦展覽，但原畫展已經在中村舉辦過好多次了，再則高知也有許多《深夜食堂》的讀者，所以我想那就（趁作品還賣座的時候）在這舉辦一次展覽吧。

而且最近我經過高知沒有過門不入，會在從老家回東京的途中下車，喝喝酒，唱唱KTV。現在有了熟識的居酒屋，朋友也變多了。住在我老家附近的鄰居剛好就在朋友偶爾帶我去的店裡工作，某間酒吧的酒保則跟我同年，是中村中學同學的朋友……我本來以為高知很遠，後來切身體會到它跟幡多的地緣關係，就覺得親近了許多。現在也不再有人像以前那樣，用濃厚的高知腔（土佐方言）跟我說話。一面喝酒，一面聊天，發現大家都喜歡家鄉這片土地，價值觀也很相近，真讓人開心。我們果然都是高知縣人。

因此，在高知住上一晚，在ＫＴＶ唱昭和老歌，如今已經成為我回老家的樂趣之一了。

第二十九回

轉校生都是某一天突然出現，
然後不知何時又突然消失不見。

新年度和新學期開始，就會傳起轉學生要來的謠言。開學當天早上第一堂課開始前，大家都滿心期待地等著導師走進來。

我是在中村出生長大的，屬於總是在等轉學生出現和送他們離開的那一群。當時單身赴任是很罕見的，調職都是全家遷移，所以轉學生多半都是調職人員的子女。父母的職業幾乎都是老師、警察、縣公務員、國家公務員、銀行分行的職員，要不就是四國電力公司的職員。

我家前面就是警察的家庭宿舍，常有來來去去的轉校生。森光美和同學的父親就是警察，她在四年級時轉來和我們同班。我和其他同學常在緣廊上做自由研究的作業，不記得同學裡有誰了，但森光同學我卻記得很清楚。她想必很可愛吧，但是當時的我沒有太大的感覺。

中學二年級的冬天，某個下雪的日子，我窩在家中暖桌裡，和刈谷同學一起玩足球遊戲。

「我以前喜歡的女生就住在安倍同學家附近喔。」刈谷同學說。

我說：「是森光同學吧。」

「咦，你怎麼知道？」刈谷同學吃了一驚。

森光同學很受歡迎啊。她與其說是美女，現在想起來應該說是有點成熟韻味的豔麗感……

佐古秀一同學是個有點胖胖的大個子。他家在右山的太平寺對面，離車站很近，我去玩過好幾次。

木暮大馬戲團在舊幡多農業高中操場演出時，操場旁邊的角落有嚇人小屋的看板，我和幾個同學一起去了。那時佐古同學在路邊撿到一張被雨淋濕的千圓鈔票，我們用這筆錢買了糖蘋果吃。我也不明白自己為什麼會記得這種無關緊要的小事。

佐古同學很會玩「互瞪遊戲」，而且絕對不會輸。通常玩互瞪遊戲都會故意做鬼臉，引對方發笑。但佐古同學總是面無表情，看起來有點悲傷。一直瞪著那張臉，不知怎地就會覺得可笑而忍不住笑出聲來。我問佐古同學有什麼秘訣，他說只要想著各種難過的事情就好了。

轉校生都是某一天突然出現，然後不知何時又突然消失不見。

學年末和學期結束後，他們就搬家了吧。森光同學和佐古同學都是不知道什麼時候就離開了。

寺島美紀子同學是六年級的四月轉來的。因為她在公賣局上班的父親調職，就從德島搬來這裡。

寺島同學是個美少女，不過鼻孔有點大。中村周邊很少見到這種長相，總之就是跟本地人的感覺不一樣。

不知道是寺島同學年紀小小就有大人樣，還是德島的小學生都比較積極，總之由她起頭，下課後女生們好像會去替自己喜歡的男生整理書桌抽屜。（說是好像，是因為我的書桌抽屜一直都沒有人動過，所以只能這麼說了。）

據說寺島同學整理的是岡村陽一郎同學的書桌。陽一郎同學確實功課好，運動也強，但他剃了個光頭，並沒有那麼受女生歡迎。其他男生都對他投以羨慕的眼光，但陽一郎同學卻說：「我不喜歡這樣耶。」說著又把抽屜搞得跟原來一樣亂七八糟。

過了好幾年之後，陽一郎同學講起當時的事，說他其實是很高興的。「當時真是太可惜啦。」他反省道。不過那個時候的鄉下男生，都只會這樣反應吧。

寺島同學的人氣大爆發是在上了中學之後。她越來越漂亮，成了男生憧憬的對象。

同學們聚在一起，講起當時的情形時，好多男生都說：「我喜歡寺島同學。」喜歡她的人真的很多。要是有「現在最想見的老同學排行榜」的話，女生的第一名一定是寺島同學。寺島同學中學畢業就回德島了，在那之後沒有人再見過她。

幾年前，中村中學一年二班開同學會時，我最先想的就是要是找到寺島同學請她參加，班上所有男生一定都會大喜過望。

同學會的負責人，尤其是男生們都努力地尋找寺島同學的下落，結果還是沒有找到。真是太遺憾了！

寺島美紀子同學（可能姓氏改了吧），以前妳住了四年的中村這裡，有將近五十個男生拚命在找妳喔。妳作夢也沒想到吧……

還有一位令人難忘的轉學生。

齋藤博同學轉學過來，是中村幼稚園大班時的事。他膚色很白，留著少爺似的髮型，看起來有教養又溫和。

「青森的阿嬤啊……」這是他的口頭禪。

齋藤同學小學一年級跟我同班，我們處得不錯。

有一天，中休時間我在校園裡，齋藤同學走到我身邊。

「給你看個好東西吧。但是不能跟別人說喔。」

他這麼說著，突然脫下褲子，讓我看他的屁股，然後一句話也沒說，就一溜煙地跑走了。

那到底是什麼意思啊。

除了我之外，齋藤同學也給其他幾個人看了屁股。這成為放學前班會上的討論議題，齋藤同學也因此被老師斥責。

還真的發生過這種事啊。三十幾歲時，我開始畫自傳漫畫《生來即愚

齋藤博同學

頓》，想起了齋藤同學，不由得發起呆來。這麼說來，在那件事發生後不久，還沒升上二年級，齋藤同學就轉學了……咦，難道那個屁股就是齋藤同學的再見宣言嗎?!

過了三十年我才第一次意識到這一點。齋藤同學那天是以怎樣的心情讓我看他的屁股啊。想起齋藤同學，就不由得感到心酸。

森光同學、佐古同學、寺島同學、齋藤同學。你們現在過得好嗎？大家都已經年過半百，要是能健康幸福就好了。

長訪談

為什麼我四十一歲才出道？

なぜボクは四十一歳でデビューしたのか

採訪／堀井憲一郎

二〇〇九年二月，在早稻田大學時期，同屬漫畫研究社、比安倍夜郎高兩屆的學長堀井憲一郎，拜訪了安倍夜郎位在荻窪的家。本次採訪是為了瞭解安倍大學畢業後，為什麼花費那麼久的時間，直到四十歲才終於出道，訪談內容將刊載於漫畫研究社社刊《早稻田漫》。

平日午後登門拜訪時，安倍已經準備好了一桌酒菜。

堀井　咦，安倍君，大白天就開始喝酒嗎？

安倍　漫畫大綱已經擬好了，喝點酒沒關係啦。

於是，這次的採訪就從喝啤酒開始。

因為是喝著酒進行採訪的，最後就演變成了預想之外的八小時馬拉松訪談。真是的。

堀井　安倍君，現在有幾個連載啊？

安倍　目前就只有《深夜食堂》。在《BIG COMIC ORIGINAL》本刊上每個月連載兩次，增刊號上也有，所以平均算來，每個月會有三個連載。

堀井　就在這裡一個人畫啊。

安倍　因為我沒請助手嘛。

堀井　畢竟你單身嘛。出道是幾歲的事啊？

安倍　四十一歲。我在四十歲時得獎，但出道指的是作品被刊登在雜誌上吧？在刊登前我就過了生日，所以是四十一歲出道。

堀井　還真晚啊。

安倍　我也不想啊，只是不知不覺就到了這把年紀。

堀井　還真是不尋常呢。

安倍　不尋常嗎？沒有吧。就只是平平凡凡地走到現在而已。

堀井　你好像在影像相關的公司工作過。

安倍　是做廣告的。我在一家叫日本天然色映畫的公司做了十九年廣告導演，漫畫得獎後就辭職了。

深夜食堂說故事的方式來自作家戴蒙·魯尼恩

堀井　《深夜食堂》大獲好評啊。

安倍　託大家的福，二〇〇六年在增刊號上刊登，二〇〇七年就開始在《BIG COMIC ORIGINAL》本刊連載了。單行本也在今年（二〇〇九）發行了第三集。

堀井　對了，開始在增刊號上連載時，你還發信給我，說這次要刊出了，要我去看。

安倍　是的。在刊出前發生了好多事，後來突然讓我在增刊號連登三篇，接著又決定在本刊上連載。最早是有兩個方向的，一個是英語會話，另一個是《深夜食堂》。

堀井　什麼？英語會話？

安倍　就覺得畫大叔學英語會話還不錯啊。那時正好是英語會話熱潮，還有國家補助。

堀井　好像沒什麼意思啊。

安倍　啊，是喔。其實編輯也跟我說食堂比較好，就畫了《深夜食堂》。故事設定已經決定了，但能夠畫出來，還是因為找到了那個說故事的方式。

堀井　你是指老闆那種回想般的敘事方式嗎？

安倍　是的。你讀過戴蒙・魯尼恩（Alfred Damon Runyon）的小說嗎？他是禁酒令時期的報社記者，因為得盲腸炎看病需要用錢，就開始用自己的方式將聽過的八卦寫成小說。我大學二年級時，在福利社買了文庫本的《百老匯天使》。那本書很有趣，我覺得那個敘事方式很棒，就以它為靈感開始畫漫畫。所以《深夜食堂》一開始有許多黑道之類的人出現，就是受了戴蒙・魯尼恩的影響。他的寫作背景是禁酒令時代，所以會出現幫派什麼的。

堀井　啊，《深夜食堂》是以禁酒令時代為背景的啊。

安倍　不是啦。戴蒙・魯尼恩寫的是禁酒令時代的小故事，所以《深夜食堂》最早畫了很多像脫衣舞孃這類無依無靠的人。

堀井　食物的選擇很巧妙，你在這方面是不是費了很多心思？

安倍　啊，我不會畫美食。那些都不是美食，只是畫我喜歡的東西而已。要吃竹輪嗎？

這時候，安倍君端出塞了黃瓜和起司的竹輪。

就是第三集的第四十三夜〈竹輪〉裡登場的那個竹輪。

文庫本《百老匯天使》

堀井　喔，好耶！我昨晚看了漫畫就很想吃，還跑去便利商店買，結果沒有賣。看來高田馬場沒有深夜食堂啊。

安倍　那個故事最早不是那樣的。我完成草圖前的大綱，喝啤酒放鬆一下時，突然想到可以在竹輪裡塞黃瓜。啊，大綱完成了，明天把這個交出去就行了。就在我喝著啤酒這麼想時，心情放鬆了，突然覺得：啊，竹輪還真有趣。然後隔天去小學館前，很快地畫好草圖，就變成現在這個樣子了。心情一放鬆，靈感就會上門。

堀井　靈感什麼時候會找上門？

安倍　不知何時靈感就會自己找上門。今天也是先想好了大綱，以為應該可行，卻完全畫不出來。想要換一個，重新想了想才終於定案。哎，有一個想法後，要丟掉它再思考新的，真的很痛苦啊。好像認定了自己的東西，就會捨不得放手。但想了兩三天還是不行的話，也只能換一個。

堀井　是想追求出人意料的情節發展嗎？

安倍　對於結尾，我大概心裡有數。但中間要怎麼發展，之後又要出現什麼呢？比起意外性，我覺得更有趣的是一邊發想一邊動手畫的過程。適度地背叛一下讀者，最後再走向大家期待的結尾。

堀井　會想要背叛一下讀者啊。

安倍　這個嘛。讀者通常會一面讀，一面預測情節的發展。以為會先這樣然後那樣，這時我卻一下就把情節跳過去，也算是一種背叛。

堀井　喔，不是說跳到完全不同的別的次元，而是不按順序發展，突然一躍而過啊。

安倍　是的，就像俳句。像這樣躍動感十足，不是比較有趣嗎？《深夜食堂》每一話是十頁，篇幅很短，沒辦法一一描述。所以我用了這個手法。

堀井　走向大家期待的結尾，也就是說不會以悲劇收場嗎？

安倍　其實我不想賜死誰，但無論如何都會有人死掉。就說那個穿條紋襯衫的客人（第二集第二十夜〈借廁所的客人〉）好了。是真的有一個總是穿條紋襯衫的人，我以他為原型畫的。我設定那個人常跑廁所，後來卻不上廁所了。頻尿的人上不出來，果然就是會死吧。哈哈哈，哎，作者也是無可奈何啊。

堀井　《深夜食堂》有種觸及人生深淵的感覺啊。

安倍　沒有那麼誇張啦，就是一些人情故事吧。一開始我畫了三篇，覺得照這樣畫下去，可以產出很多呢。基本上我覺得沒什麼用處的漫畫最好。我想畫這樣的漫畫，細水長流地畫下去。

堀井 連載開始時，你構想了幾篇？

安倍 一開始不是連載，要刊在二〇〇六年十一月的增刊號上時，他們問我能不能一開始就登兩篇，我交了三篇過去。他們看過後說全登吧，就這樣一下子連登三篇。

堀井 真厲害耶，備受期待嘛！那時已經構思好幾篇了吧？

安倍 不，就只有那三篇。

堀井 喂，完全沒庫存啊！

安倍 哎呀，就說那時覺得照這樣畫下去，可以產出很多嘛！

堀井 不知道該說你這個人是照計畫走，還是順其自然耶。登場人物有些大學漫研社見過的熟面孔，那些人物造型都從哪裡找來的？

安倍 啊，就是看藝人的名人簿啦，或是高中時的相簿啦。我本來是做廣告導演的，設定廣告人物也是我的工作。如果是這樣性格的人，就找這個人來拍吧。我常常思考，因為人物很重要啊。對了，拍真人版要找誰來演好呢？

堀井 哦，會影像化嗎？

安倍 有收到幾個提案。聽說現在不影劇化的話，遲早會有人做出很像的東西出來，所以還是先拍比較好。會拍成電視劇，但可能也會有電影，然後是真人版的。你覺得找誰來演好呢？

堀井 老闆的話，我覺得那個人還不錯。就是在山田太一的電視劇裡，演水泥匠的前輩的那個啊……喏，就是演毛利元就的二兒子的那個啊……

安倍 啊，我知道了。但想不起來名字。

堀井 對了對了，就是演喜代美的爸爸的那個。（堀井想說的是重松豐[1]）

安倍 我沒看過那一部。

《山本掏耳店》獲得大獎，成功出道之後——

堀井 從拿新人賞到開始連載，花了不少時間啊。

安倍 得到大獎是在二〇〇三年的秋天吧，小學館的新人漫畫大獎。那個時候，大家還替我開了慶功宴。

堀井　啊，對。在高田馬場的相撲火鍋店。

安倍　對，那是二〇〇三的冬天。我拿到了一百萬圓的獎金，整整一百萬呢。

堀井　扣稅前的金額是一百一十一萬一千一百一十圓對吧。

安倍　是啊，我事先完全不知道。

堀井　會有「大獎魔咒」吧？

安倍　好像是。久保繁前輩[2]也說，拿過大獎的人都很難成大器。得到大獎的作品個性多半都太鮮明，所以很多人都沒辦法維持下去。

堀井　是挖耳朵的故事吧？

安倍　對，就叫《山本掏耳店》。現在坊間開始有這樣的店，但我畫的時候可沒有喔。

堀井　對啊，我在街上實際看到時，還嚇了一跳呢。馬上想發簡訊給你，但你那時沒有手機嘛！我就沒說了。

安倍　就是說啊，現在多了好多這種店呢。

堀井　那種特種行業的掏耳店，還會提供情色服務吧。你去過嗎？

安倍　哎呀，我不知道啦。我可沒去過喔。

堀井　從那之後就開始連載了？

安倍　那時還不是連載。最早是登在二〇〇四年三月左右的《BIG COMIC ORIGINAL》，但只是以得獎作品的形式刊登。第二次是登在同年的八月出版的增刊號上（《BIG COMIC ORIGINAL》九月增刊號），之後又在增刊號上登了幾篇，大概到第四話左右吧。後來，我把下一篇作品交給他們，以為會登在下一期的增刊號上，結果卻沒被刊出。

堀井　為什麼沒被刊出？

安倍　總編換人了。新任總編大概不太喜歡我的作品吧。給了原稿卻不登，然後一直沒有下文，過了兩年才刊出。就在秋山喬治老師作品刊不出來的時候登的。

堀井　哇，是代打上陣啊。就只是替補交不出來的原稿嘛。

安倍　對啊。那次的代理原稿之後，我又交了一個作品給他們，但到現在都還沒登。都超過三年了，也差不多該登了吧。

堀井　說得還真輕鬆啊。你拿到大獎後，就立刻把工作辭了對吧？

安倍　對啊。我在二〇〇三年十一月左右得獎，二〇〇四年三月辭職，專心畫漫畫。

堀井　二〇〇四年到二〇〇五年間，只有幾部作品被刊出，你還是當了漫畫家啊。就靠那一百萬獎金，能過活嗎？

安倍　沒有啦，當然在那之外還有積蓄。畢竟我工作了將近二十年。

堀井　《山本掏耳店》原本有連載的打算，所以是當成連續作品的第一話在畫的嗎？

安倍　當然是啊。當時坊間還沒有那種店，感覺還不錯吧。我以為應該能繼續下去，結果只登到第四話，接下來交了稿卻沒有登。進入了不知道何時才會再登的狀態。

堀井　嗯……在那狀況下應該很辛苦吧。

安倍　很辛苦吧。

堀井　怎麼一副事不關己的樣子呀。那段時間你都在做什麼？

安倍　待在家裡。

堀井　待在家裡？這算什麼回答啦。

安倍　沒有啦。在畫《山本掏耳店》的時候，我也覺得不能一輩子只靠掏耳店，一定要畫新的漫畫，所以一直在思考新的方向。

堀井 光想也沒用啊。

安倍 然後就是畫自傳漫畫。因為我喜歡畫漫畫嘛。

堀井 你還真悠哉啊。

安倍 早大漫研不是有五十週年大會嗎？（二〇〇五年秋天舉辦）那時我已經一年沒發表作品了，佐草前輩[3]還說要幫我介紹其他的編輯部。但不知道該說是缺點還是優點呢，我很缺乏行動力。換作是別人，應該會跟其他雜誌交涉吧，但我什麼都沒有做，就只是在家裡畫漫畫。

堀井 你真的是超級悠哉耶。雖然號稱是漫畫家，但其實就是個打工仔吧。不，連打工仔都算不上，只能算是一種尼特族吧。

安倍 那個時候，責任編輯看不下去，還向我提案呢。他說目前《BIG COMIC ORIGINAL》沒登過的題材是食物和醫學。現在有《離島大夫日誌》之類的作品，但那時還沒有。有食物和醫學可以選，當然要選食物啦。

堀井 不會啊，也可以學點醫學知識畫醫學漫畫。比如說深夜才開的深夜診療之類的。

安倍 我才不要畫那種漫畫呢。之後就交出深夜食堂，也開始登了。

堀井　光只有得獎，並沒有打開你的漫畫家之路啊。虧你能這樣生活過來。

安倍　堀井前輩從學生時代開始，就是個賺多少花多少的人對吧？我沒有那麼會花錢。辭掉工作時，我就準備好積蓄，只要省吃儉用，可以生活個五、六年。不過關鍵還是沒有討老婆啦。如果四十歲時有老婆又有孩子，就不能辭職啦。

堀井　就算有老婆，也是有人會辭職的。但有小孩就真的不行啦。

安倍　結了婚，就不能二十四小時都歸自己啦。要是再有小孩，自己的時間就更少了。

堀井　你不用這麼得意地跟我說明這些啦。得獎作品的續篇突然被腰斬，不會不安嗎？

安倍　沒有腰斬啊。我交稿了，只是他們沒登而已。

堀井　那就叫腰斬啊。這麼說來，他們有跟你承諾每次都在增刊號登嗎？

安倍　不，該怎麼說呢，算是默許吧，但換了總編後就不再登了。

堀井　也是啦，畢竟雜誌是歸總編管的。但你就沒工作了吧？

安倍　哎，為什麼我那時沒有採取任何行動呢？說對自己的漫畫多有自信，好像也沒有。我自己也搞太不清楚啊。

堀井　得到小學館新人漫畫大獎，辭掉工作，過了一年卻成了無業遊民啊。

安倍　以前看漫畫雜誌，覺得那樣的話我也可以。後來如願拿了大獎，以為就能順遂地畫下去，結果卻不行啊。

堀井　很不安吧？

安倍　不可思議的是並有沒有。到底是為什麼呢，我基本上算是個謹慎過頭的人，但那時卻沒感受到任何不安。

堀井　二○○三年得到大獎，二○○四年春天被刊登出來，一開始還算順遂，但二○○五年到二○○六年之間，卻只是待在家裡。二○○六年年底開始的《深夜食堂》，可説是起死回生的一擊啊。

全心全意畫四格與三格漫畫

堀井　説起來，你為什麼花了那麼長的時間才獲得新人漫畫大獎呢？

安倍　如果那麼容易就能出道，就不用辛苦了。其實在那之前我也投稿過。

堀井　哦，什麼時候？

安倍　其實我是計畫在二十世紀出道的。

堀井　計畫啊。

安倍　所以我畫了一百張左右的四格漫畫，然後……

堀井　等等，你說一百張四格漫畫？也就是四百格嗎？

安倍　不用幫我加起來啦。我想靠四格漫畫出道嘛。好像是講談社的四季賞吧。我報名了，但沒通過選拔。

堀井　沒有通過，是指連入圍都沒有嗎？

安倍　是啊。

堀井　為什麼？

安倍　為什麼喔，應該是不有趣吧。雖然我不這麼覺得，哈哈。所以後來就不報名講談社，想改報小學館的比賽，就這樣交出了《山本掏耳店》。

堀井　四百格漫畫行不通吧。

安倍　我沒有一百張都交出去喔。我是畫了一百張，再從裡面選出來投稿。

堀井　為什麼是四格漫畫？

安倍　那是因為啊，我在做廣告時想到了一個好角色，就開始畫，累積了一些就拿去投稿。畫四格漫畫不花時間，而且因為我做過廣告吧，四格漫畫畫起來不太費力。那時好像想得不夠多啊。

堀井　那是二十世紀的事吧。

安倍　落選是一九九九年吧。後來我畫了《山本掏耳店》，還畫了一百張三格漫畫。

堀井　等等，三格漫畫又是哪招？

安倍　是因為文化廳有個媒體藝術祭，就是佐草晃前輩前陣子拿的那個獎。那個獎有個一般類別，一般人也可以參加。我雖然沒有得獎，但入選了推薦作品。

堀井　我還是不懂為什麼要畫一百張，不過三格漫畫入選了啊？

安倍　是的，入選了二〇〇三年文化廳藝術祭的漫畫一般類別還是什麼的推薦作品。上網應該可以看到。

堀井　那三格到底是為什麼？

安倍　哎呀，就是一畫才發現只能畫成三格。

堀井　什麼跟什麼啊。不會太早收尾嗎？

安倍　我創造了一個叫做MuMu，臉下面就是腿的角色。用牠畫三格漫畫，後來又上了色。上了色後能投稿的地方就不多，所以就投稿給文化廳了。

堀井　你想讓那個角色出名嗎？

安倍　是啊，我是這麼計畫的，人家卻完全不買帳。但是一個角色畫一百張這種事，沒有才華可辦不到啊。

堀井　這樣說也對啦。可愛嗎？那個角色。

安倍　我畫給你看吧。

於是安倍君就在筆記本上畫了MuMu，堀井看了爆笑出聲。

安倍　就像是習作吧。想畫的時候就畫，點子就會越來越多。我決定畫它個一百張。

堀井　又來了，為什麼是一百張？

安倍　哎呀，也沒什麼理由，就是決定一個角色要畫上一百張。我畫了兔子參加漫畫獎。五隻兔子排排站，取名叫康康兔，先是畫了一百張，然後又畫一百張

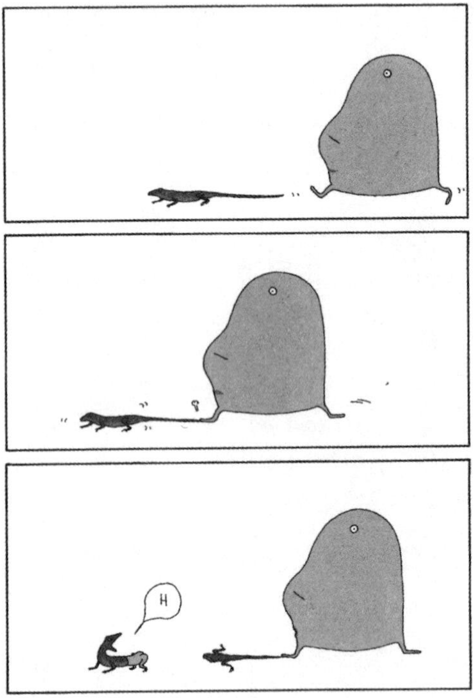

MuMu

MuMu。總之就是一個角色一百張。啊，只要想畫，我還是能畫的嘛。

堀井 你在這方面，還真有點奇怪啊。

安倍 嗯，這個嘛……但我是有想過，要是這個能賣座，我就可以辭職了。

堀井 這是你三十多歲時的習作吧。磨練了什麼嗎？

安倍 沒有啦，也不算什麼磨練，只是了解了自己的能力到那裡。也就是知道自己只要有心就能畫，點子也會源源不絕地冒出來。

堀井 搞笑四格漫畫嗎？

安倍 你在說什麼啊？我們那個年代，有不搞笑的四格漫畫嗎？我畫的算是搞笑漫畫，只是沒有台詞。

堀井 咦，沒有台詞？像默劇？為了讓海外讀者也能讀懂嗎？

安倍 不，我沒有考慮那麼多，但我很喜歡沒有台詞的漫畫喔。

堀井 你喜歡那種安靜的世界？

安倍 或許是吧。我很不擅長少年漫畫那種太過直白的台詞。

堀井 不喜歡過分說明啊？

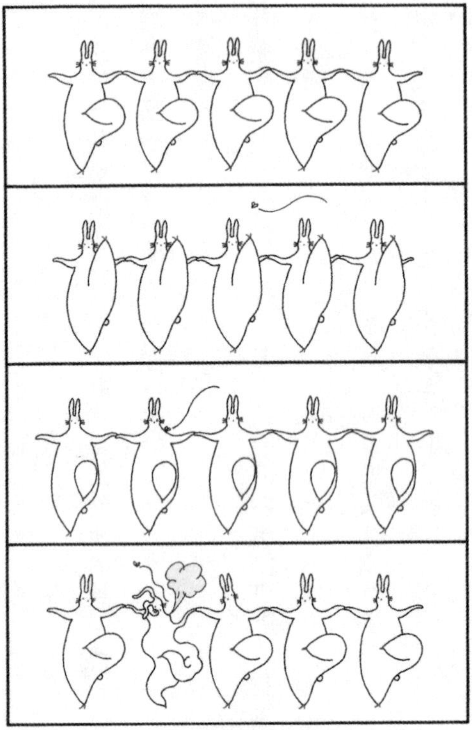

康康兔

安倍　啊……說不定是這樣呢。我年輕時畫的漫畫台詞也很少，可能是沒有信心畫人吧。總之我很害怕挖掘人性深處，所以就讓台詞變少了。

重畫五次的《山本掏耳店》，安倍羅馬不是一天造成的

堀井　從第一次投稿落選到在小學館得獎，你花了好幾年吧？

安倍　那時我一直在畫《山本掏耳店》，畫了三年左右。

堀井　什麼意思？

安倍　我重畫了好幾次。

堀井　三年都在畫？

安倍　是的。講談社的投稿落選時，我非常失落。

堀井　那是一定會的。

安倍　突然很沮喪，渾身無力，有一段時間都畫不出來。後來又覺得算了，反正還有好幾個點子，就再畫吧。然後又開始畫了。

堀井　於是就畫了《山本掏耳店》。

安倍　是的，總共三十二頁的漫畫，修改得多的地方卻改了五次，也有同樣的畫一直重畫的。像是線條不滿意的話，就重描前一張，把線條修得更漂亮。

堀井　哦，同一張畫反覆畫嗎？

安倍　不只是這樣喔，有時還會重畫分鏡。那時我發現，沒辦法畫得好的地方，果然都是角度出了問題。所以有時會修改分鏡，再重新來過。

堀井　那分鏡順序不會錯亂嗎？

安倍　不會，因為漫畫必須以跨頁為單位來思考。我之前是做廣告的，知道分鏡該怎麼挪動。畫漫畫必須考量在一個跨頁中如何呈現才有效果，不在這裡畫完，就不能帶到下一個情境，而廣告做的比起分鏡，更像是在分景。

堀井　你都是在這樣的考量下反覆修改的啊？

安倍　因為是三十二頁的作品，比起最早畫的，最後的會更好。最後第一頁和最後一頁的畫都不一樣。

堀井　啊，原來如此。

安倍　所以我又從最早的開始重畫。往下畫後，又畫得更好了。哈哈哈。

堀井　哈哈哈，又再重畫。

安倍　是的，就這樣重複下去，有些地方還重畫了五次。

堀井　有只畫一次的地方嗎？

安倍　沒有耶。

堀井　你從哪一年開始畫的？又畫到哪一年？

安倍　搬到這裡之前就在畫了，搬來後才畫完。

堀井　誰知道你什麼時候搬過來的。

安倍　大約是一九九九年到二〇〇三年間吧。

堀井　也就是到了二十一世紀，世貿大樓都倒了你還在畫。真厲害啊。是自信之作嗎？

安倍　我也不知道算不算自信之作。就是畫到不能再更好為止。對當時的我來說，只能畫到那裡。

堀井　可以說是畫到極限嗎？

安倍　是的，畫到極限。

堀井　然後得到大獎，有一百萬獎金，很不錯嘛！

安倍　沒有啦，就是那句諺語說的「羅馬不是一天造成的」。

堀井　唔，好遜。你這樣做結論，之後可是會吃苦頭的。

工作後重燃創作熱情，開始畫起自傳漫畫

堀井　但只有一個連載，不會覺得不安嗎？

安倍　我畫不了太多啊。可以多畫的話當然再好不過。

堀井　以《深夜食堂》為主，再加一個連載為輔，不也不錯嗎？

安倍　但現在已經忙得不可開交了耶，可以等我稍微有空再做嗎？

堀井　我沒拜託你畫，隨你便囉。

安倍　但是一部作品暢銷後，就會被要求用同樣形式畫同樣的內容。那樣很痛苦耶。

堀井　你在說什麼啊，有暢銷作品可是創作者的勳章耶。反覆被要求同樣的東西，也不會覺得煩的才是專家啊。

安倍　這樣啊。Roswell細木[4]前輩就畫了很多同樣類型的東西。

堀井　你的習作，或者是說為了練習而畫的有多少呢？

安倍　有五百到六百頁吧。

堀井　很驚人的數量啊。

安倍　我畫了自傳漫畫。三十到四十頁左右，共四部。然後是三到四篇的劇情漫畫，再來是剛才說的四格漫畫各一百張，共三個作品吧。加一加就有五百張了。要是隨筆一畫就能輕鬆當上漫畫家，豈不是誰都能當。

堀井　我就當不成。

安倍　堀井前輩的個性不適合畫漫畫啦。

堀井　別說得那麼絕對啊。反覆檢視自己的點子那種事，我可受不了。但我覺得能十幾年持續不斷地畫很了不起。

安倍　沒有啦，我只是做了應該做的事而已。

堀井　但你不是一開始就目標四十歲出道吧？

安倍　這個嘛，我當然想早點出道，如果拿三十多歲畫的自傳漫畫去投稿，也許能入圍佳作之類的，或是最小的獎，但我不想這樣出道。

堀井 你那個時候沒有投稿啊？

安倍 沒有。現在有很多像是私小說或散文的漫畫對吧。但以漫畫家身分出道，如果一開始就端出這樣的作品，感覺好像會持續不下去。所以我當時沒有投稿。

堀井 你一直都想成為職業漫畫家嗎？

安倍 嗯……不知道是不是「一直」呢，但我是想當漫畫家的。

堀井 你是好好地找了工作的對吧？大學念四年就畢業了？

安倍 是的。我應屆考上大學，四年後畢業，然後乖乖地進入職場。

堀井 認真得可怕啊。

安倍 沒有啦。畢竟我的家境不像堀井前輩那麼好。

堀井 我說，你也不用一項一項指出你我之間的差異吧。我們那個年代，不是有很多人畢業後不就業，一心想當漫畫家嗎？但你還是就業了啊。

安倍 因為不想讓父母擔心。

堀井 哇，真是資優生的回答啊。那時父母不擔心你，現在也不擔心嗎？

安倍　他們現在很開心啊。

堀井　漫畫暢銷開心是一定的，但沒有父母會不擔心孩子還沒成婚吧？

安倍　不，父母生重病時，我好好地照顧過，所以現在不擔心了。

堀井　不可能吧，只是不說而已啦。一定很擔心啊。

安倍　才沒有。倒是堀井前輩呢？

堀井　不用問我啦。

安倍　不反擊不行啊。

堀井　送你的，不用還啦。總之你就乖乖地就了業。為什麼想做廣告呢？

安倍　啊，這個嘛，我們那個時候，大家不是都想去出版社上班嗎？但我還是想當漫畫家，覺得做出版也沒什麼幫助。既然想創作，做廣告應該更接近創作，所以就進了廣告圈。那時還有分鏡考試，也算是以一個創作者身分進去的。

堀井　這麼說來，那時是泡沫經濟期吧。

安倍　進入公司後經濟就開始泡沫化了。

堀井　原來是因為泡沫經濟期才進去的啊，泡沫經濟期啊。

安倍　不是啦。我是好好地通過了導演考試的。你以為我是因為泡沫經濟期才進得去嗎?不是的，三百多人當中只有我一個人被錄取。

堀井　哦，這麼優秀啊。

安倍　我很優秀啊。可能是分鏡畫得好吧。

堀井　那麼，就業後也一直在畫漫畫嗎?

安倍　不，進公司的前兩年，光是記住工作內容就忙得人仰馬翻了。我第一年只是助理導演，第二年就以導演身分做廣告了。

堀井　咦，才一年?太亂來了吧。

安倍　公司就是這種制度，所以當時真的是拚盡全力，花兩年記住工作內容後，就開始覺得有趣起來，一回神才發現已經做了五年。

堀井　泡沫經濟期的廣告公司，算是站在泡沫經濟的最前線啦。

安倍　對在公司上班的人來說，或許是。

堀井　你不也在公司上班嗎?

安倍　是指業務之類的。我在製作端幾乎不受影響。啊，那時一袋千圓的泡麵很賣呢。

堀井　啊，那時確實賣過那種無聊透頂的東西呢。

安倍　我買過那樣的東西。對我來說，泡沫經濟期就是那袋千圓泡麵。

堀井　什麼時候又開始畫起漫畫？

安倍　工作第五年左右，我二十七歲的時候吧。

堀井　突然就畫起來了？

安倍　做廣告可以滿足我的創作欲望。廣告工作忙的時候很滿足，但一部片拍完，稍微清閒時，就不知道該往哪發洩創作欲望。於是就畫起了漫畫。

堀井　是因為五年後已經適應了工作嗎？

安倍　也算是吧。說什麼都想創作時，案子卻遲遲不上門，創作欲望無處發洩啊。所以我只在工作的空檔畫漫畫，沒有那種苦熬二十年的感覺。

堀井　二十七歲開始畫，你打算什麼時候出道啊？

安倍　我真的沒想過在四十歲才出道，本來以為會是三十五歲左右，最晚也要在還是三字頭時出頭。

堀井　二十七歲時畫什麼？

安倍　叫《生來即愚鈍》的自傳漫畫，是先想到題目才下筆的。算是自己的故事。我父親好像也活得笨手笨腳的，所以是父親和我的故事。二十七歲時開始畫起這個。

堀井　就只是一個勁地畫這個？

安倍　還辦了酒館研討會。畫好漫畫後，就把同學叫來酒館小聚，請他們讀完告訴我感想。他們當中也有在畫漫畫的。

堀井　但廣告工作好像也很有趣啊。要繼續在廣告圈裡發展，還是認真以成為漫畫家為目標，你沒有猶豫過嗎？

安倍　嗯……最早的心情是一半一半啦。但做著做著，就發現做廣告不能事事如人意。

堀井　你作為一個廣告導演，也是很認真工作的吧？

安倍　做是有在做啦。但我如果是個當紅導演，就不會畫漫畫了。

堀井　都是員工，工作量卻不一樣嗎？

安倍　是啊。因為可以指名導演，案子接得多的人薪水就多。而且時代慢慢在變，廣告開始得承擔起宣傳策略的一端後，就算分鏡做得再有趣，與宣傳策略不符就不能用。然後廣告商的背後還有贊助商，所以沒辦法發揮自己的創意。

堀井　就是說要做出對方想要的東西？

安倍　是啊。握有決定權的如果是有創意的人還好，但事實卻不是這樣。不論是什麼公司，有創造力的人往往佔不到兩成。發現這一點後，我就覺得越來越煩。做到一半，一想到不管想法多麼有創意都不會過關，就覺得更難熬啦。

堀井　你做了什麼樣的廣告？

安倍　做過各式各樣的，畢竟我待了快二十年。但都不是有名的廣告啦。

堀井　但做廣告的，還是會希望做出有震撼力的東西吧？

安倍　會這樣想，但握有決定權的人都不是這樣想的。比起震撼力，他們更想要不會引起爭議的東西。就這樣拍了一部又一部。

堀井　大家都是這樣嗎？

安倍　看到別家做出有震撼力的廣告，他們就會要求做那類的廣告。但朝那個方向進行後，對方又會說：哎呀，這種的太震撼了，我們沒辦法接受。真的就這樣一而再再而三的。所以到後來就算有人那樣要求，我也覺得到頭來還是會打安全牌吧，就事先準備了一套。這種事一再發生。

堀井　嗯……這種狀況確實很辛苦啊。

安倍　最早我當是在修行。年輕時很努力，覺得只要克服這一關，就能成為一流創作者了吧。但做著做著就忍不住想：啊，這根本就是常態。我以為只要抓到要領，做到一定程度也會有所成長，但做到一半，這種感覺就不見了。我覺得自己做的越來越不像創造性工作。雖然我知道這是很多原因造成的啦，廣告流程在改變，公司也在改變，社會的潮流也在變。

將做廣告的分鏡能力活用在漫畫中

堀井　但做過廣告對你畫漫畫有幫助吧？

安倍　是的，有幫助的是分鏡。做廣告會用到分鏡。因為每一格畫面秒數不同，有長也有短，畫分鏡時有些要畫得比較小，有些畫得比較大，用來說明廣告。我在這當中學到很多。

堀井　安倍君是自己畫分鏡，然後照著在現場拍嗎？

安倍　對啊。同樣一個動作，可以用長鏡頭拍，也可以特寫。演員在說話時，要從左邊拍還是右邊拍，又要怎麼把它畫成分鏡圖，都是我在做廣告的過程中學會的。

堀井　分鏡圖跟漫畫分鏡雖然很像，但也有不一樣的地方吧？

安倍　是不一樣，但我覺得漫畫裡的一大格，就像廣告裡秒數長的畫面。還有，漫畫橫的格子進展得快，直的則稍微花點時間。把直的格子切成斜的，可以加快節奏。

堀井　咦，廣告分鏡圖也會切成斜的嗎？

安倍　不，是漫畫分鏡啦。因為畫漫畫時，我會以編輯影像的心態去畫。如果想縮短節奏，讓讀者快速讀過去，我就會像這樣把格子切成斜的畫。這樣讀者就會很快地讀過去。我會這樣有意識地去畫。

堀井　為什麼畫成斜的會增加速度感？

安倍　這我倒沒有想過，只是覺得大家會這樣讀。

堀井　畫廣告分鏡時，因為知道完成後是影像，時間的長短很明確，但漫畫的時間卻掌握在讀的人手中。作者想控制的話，就要在格子的形狀和順序下工夫，這是你在廣告中學到的嗎？

安倍　是啊。二十七歲開始畫自傳漫畫時，我就發現：啊，跟大學時畫的漫畫分鏡不一樣了。那個時候不是刻意要改變的，後來想想，應該是受到廣告的影響。

堀井　能夠用畫來表現自己的時間感了。

安倍　是啊。當學生時沒有多想，就是照順序畫。

堀井　也就是說，本來只是憑感覺畫，經過廣告的磨練後，你能反映讀者的心情了。

安倍　廣告一定要清楚明瞭。在廣告中，我學到了怎麼做才能傳達意思，該用什麼樣的手法，所以漫畫的分鏡變了，結構也不一樣了。

堀井　也就變得能夠站在客人的立場來創作。能走到這一步，就離職業漫畫家很近啦。

安倍　是啊。

堀井　看來工作經驗對安倍君很有幫助啊。

安倍　但是啊，大家沒必要這樣繞遠路，沒必要為了成為漫畫家，特別花十年去做別的事，最好是盡早出道啦。我是因為沒那個能力，才花了那麼長的時間啊。

堀井　說起來，你不太看漫畫吧？

安倍　從小就幾乎不看漫畫，也不怎麼買雜誌。當初會向小學館投稿，也是因為看到擺在錄音室裡的雜誌。

堀井 錄音室？

安倍 廣告配音很花時間的。所以我就看了不知道是誰帶來的雜誌，上面寫著新人漫畫大獎徵件，我就抄了下來，去投稿。

堀井 買一下啦。小學館的雜誌一本都不買，還拿人家一百一十一萬。臉皮有夠厚耶。

安倍 我沒有看漫畫的習慣啊。

堀井 你真是個不可思議的漫畫家啊。所以你就向青年刊物投稿了？

安倍 不，不是青年，我投了大人的類別。好像是成人的吧。我怎麼可能向青年刊物投稿啊。堀井前輩從以前到現在一直都很年輕，但我從以前就像個大叔了。

堀井 不用一直跟我比啦。總覺得你好像以前就很不想說自己是青年啊。

安倍 我不像堀井前輩那麼受歡迎啊。

堀井 你好像很怨恨的樣子啊。

安倍 不，沒這回事啦。

堀井 對我在你住處噴滅火器的事懷恨在心嗎？不就一次而已嘛。

安倍　一次就很夠啦。真是的，還記得嗎？我邀你喜歡的京子去吃拉麵，先走了之後，你氣得狂噴滅火器。

堀井　不是的，安倍。事情不是那樣的，怎麼說呢，我是為了更正當的理由。

安倍　不會錯啦。你在說什麼啊，正當的理由是什麼？

堀井　是你不對。你住在那麼不方便的地方，還不牽電話線，我只好噴滅火器，等白粉聚集後，用手指頭寫：「跟我聯絡。堀井」。你到現在都還沒有手機，這樣真的不行。

安倍　只是沒牽電話線，就噴滅火器，那全地球有一半都要變白啦。對了，我那時去堀井前輩家，看到房裡有廁所，嚇了一跳呢。

堀井　廁所總要有吧。小京的房裡也有喔。

安倍　這我可不知道。那個年代，租共用廁所、廚房和玄關，兩萬圓的房子才正常吧。

堀井　那是上個世代的事啦。你是喜歡才住那種寒酸的房間的，可不能當作標準。那時裝電話的人就很多。

安倍　聽人說找工作需要電話，後來我也裝了。

堀井　聽人說什麼的，真像土佐、高知的人會說的話啊。

小學愛讀漫畫雜誌《GARO》，高中創立漫畫研究會

安倍　導演是集合許多人往同個方向去的工作。那是領導人做的工作，我覺得自己本來就不適合。

堀井　嗯，你不適合。

安倍　也不是做不到，只是本質上不適合，於是這部分就會顯現出來。所以拿到小學館的獎的瞬間，我就想：啊，辭職吧。

堀井　你從小就想當漫畫家嗎？

安倍　哎呀，因為是鄉下小孩嘛，想當是想當，但沒想過會當得成。只是覺得自己創作的表露方式，應該就是漫畫吧。

堀井　就算不看漫畫？

安倍　是啊。小學四年級時，我就畫了四格漫畫。因為不看漫畫雜誌，所以畫的不是單

格漫畫，就是四格漫畫。我現在也還是不看漫畫。

堀井 哦，《BIG COMIC ORIGINAL》也不看嗎？

安倍 那還是會看啦。但是少女漫畫之類的，到現在還是不知道怎麼讀，完全搞不懂閱讀順序。

堀井 但完全沒碰過漫畫，就突然畫起來也太不正常了。你還是看過些什麼吧？

安倍 像是瀧田祐啦，還有柘殖義春。

堀井 咦，小學生也看瀧田祐？

安倍 那時瀧田祐常上電視對吧。他的畫也常被使用，我很喜歡呢。我因為瀧田祐看了書，然後知道柘殖義春。那時有本叫《GARO》的雜誌，我還去書店訂來讀。

堀井 什麼，小學生會訂《GARO》？

安倍 是啊。

堀井 你不是住高知的中村嗎？《GARO》能送到那種鄉下地方？

安倍 不用說得那麼誇張啦，又不是平安時代。然後我讀中學時，小學館出了漫畫文庫，裡面有柘殖義春，所以我又讀了他的《紅花》和《螺旋式》。

堀井　啊，小學館的文庫，沒錯沒錯。那是我高中畢業時的事，所以是一九七六年創刊的吧。我也全部買來收藏了喔。陣容都好有深度，像辰巳嘉裕什麼的，我那時第一次讀到。

安倍　還有奇想天外文庫的Monkey Punch之類的，我還滿喜歡深奧的漫畫。

堀井　這種人就只能來早稻田漫研啊。

安倍　對吧。

堀井　你一直在畫嗎？

安倍　我那時很喜歡黑鐵弘的漫畫。黑鐵先生畫過NHK時代劇《天下御免》的背景，還參加過益智節目《QUIZ DERBY》。

堀井　是啊，原平沒上節目時，就是黑鐵弘了。

安倍　兩人都是高知出身的呢。我很喜歡他們。念中學時，我還跟風在《高知新聞》投稿過單格漫畫。

堀井　哦，報紙投稿。就跟辰巳嘉祐一樣。有登出來嗎？

安倍　登了。

堀井　所以就覺得能當漫畫家了？
安倍　我沒有那麼想，不會那樣想啦。正常人才不會那樣想。
堀井　我中學時就想過當漫畫家啊。
安倍　像堀井前輩這種個性的人也許會想吧。
堀井　怎麼感覺你把我當笨蛋。
安倍　沒有沒有，只是覺得像我這種畏畏縮縮的人，就算想當也當不成啊。這就是樂觀和消極的人的不同。心裡想當，又覺得反正不可能實現。
堀井　嗯，說得很謙虛，感覺就像是日本人會接受的說法。我的話則是像說給非洲人聽的。那你之前沒畫過有故事情節的漫畫嗎？
安倍　完全沒有。
堀井　中學參加什麼社團？
安倍　社會社。
堀井　社會社是什麼社團啊？追蹤當地社會事件嗎？
安倍　才不是呢。考察鄉土歷史之類的。

堀井　鄉土。呵呵，中村的鄉土啊。高知市以外的地方還真俗氣啊。在鄉土考察中瞭解了什麼嗎？

安倍　知道了當地名人的事。

堀井　誰啊？

安倍　幸德秋水之類的。都是中村的偉人。

堀井　嗯，傳次郎幸德秋水啊。那個大逆事件啊，有點灰暗啊。

安倍　我在高中成立了漫畫研究會喔。

堀井　咦，安倍君創立的嗎？哪所高中？

安倍　中村高中。

堀井　哦，名門學校耶！在高知排名第幾啊？

安倍　那時在當地是公立排名第二，但實際是怎樣就不知道了。我在那裡成立了漫畫研究會。

堀井　一個人嗎？

安倍　一個人做不到啦，是好幾個人一起成立的。從中村高中出來的職業漫畫家，實際就有四個呢。

堀井 哦，這樣啊。果然是名校啊。有誰啊？

安倍 首先是我。

堀井 先從自己說起啊。

安倍 還有在我之後繼任社長，畫成人漫畫的飛龍亂。再來是井上淳哉和森山大輔。

堀井 你認識後來的這兩位嗎？

安倍 不，根本不認識。大概比我小了十屆吧。

堀井 是比你晚入學，但他們出道得更早吧？

安倍 對啊對啊，是的。

堀井 你們那時候的高中漫研活躍嗎？

安倍 有啊。我在黑鐵弘的影響下畫些了漫畫，算是無意義漫畫吧。不是四格的，篇幅也只有一兩頁。也有些人畫故事漫畫。

堀井 有出同人誌嗎？

安倍 沒有那種印刷技術。所以我們借了類似會議室的空間，把畫貼在那裡辦活動。

堀井　土佐人應該會辦合宿，大家大肆喝酒，互相暢聊未來吧？

安倍　沒喝酒，也沒辦過合宿。

堀井　哦，我高中時參加落語社的合宿，晚上沒事做就猛喝酒。

安倍　因為堀井前輩是在京都那樣的大都市裡啊。

堀井　才不是呢，土佐人比較會喝酒吧？大家都喝得東倒西歪的吧。

安倍　住海邊的是很能喝，寄宿生裡也什麼樣的人都有，但我們是屬於乖乖牌啦。

堀井　真是無趣。

安倍　又不是為了玩才念高中的。創立漫研後，我還在牙醫那裡讀到《頑皮大師》，植田正志畫的。

堀井　在牙醫那裡啊。你還真的不買漫畫呢。

安倍　是不買啊。那是植田先生爆紅之前的事了。我在牙醫那讀到《頑皮大師》，覺得有趣極了。

堀井　對對，那時的植田正志是劃時代地有趣啊。

安倍　是啊。好有趣。我讀的時候，突然在腦海中大叫出聲，覺得自己是畫不出那種四格漫畫的，之後就不再畫了。

堀井 咦，不畫四格漫畫了？

安倍 是的，就不畫了。

堀井 真不知道該說你果斷還是什麼。

安倍 後來我就不知道該畫什麼了。

堀井 那時你意識到自己想成為漫畫家了嗎？

安倍 還沒想過當漫畫家的事。只知道要上大學，而且必須去東京。

堀井 但想去東京啊？

安倍 我覺得要當漫畫家就得去東京。

堀井 你就是想當漫畫家嘛。

安倍 哎呀，我就是個鄉下小子。只知道要去東京，而且要加入早稻田漫研啊。

堀井 為什麼是早稻田漫研？

安倍 嗯，為什麼呢。我現在不太知道了，大概是因為我來自鄉下吧。沒什麼資訊，只知道早稻田的漫畫研究社很有名，一度還以為只有早稻田有漫研呢。

堀井　那時候的漫研就連弘兼憲史也還不紅吧？

安倍　是的。有圓山俊二前輩、福地泡介前輩和東海林前輩，我的目標是畫像他們那樣的漫畫。

堀井　這樣啊。也就是說安倍君是為了進入漫研才念早稻田的？

安倍　幾乎可以這麼說。

堀井　入學後馬上就加入漫研了嗎？

安倍　馬上就加入啦。我不是還參加了迎新會嗎？

堀井　我不記得啦，當時來了好多一年級生。

安倍　我那時穿了件大衣，很受好評呢。

堀井　嗯，不記得。你表演了什麼嗎？

安倍　就只是唱了首歌，不怎麼有趣啦。

堀井　沒有特別的才藝是記不住的，在那時就是這樣。

安倍　是啊，現在已經不讓新生表演才藝了吧？

堀井　不可能叫他們做了吧。現在迎新會上要新生在自我介紹後表演一段，他們會哭出來，或者是發飆吧。

安倍 那時候太亂來了。

堀井 我們還朝沒表演的新生丟東西呢。雖然只是食物啦，像是竹輪啊魚板啊，都是丟了也不會出事的東西。天婦羅太浪費了，就沒有丟。安倍君加入早大漫研後，覺得怎麼樣呢？

安倍 很好啊。是我目前為止參加過的團體中，覺得最舒服的。那時的漫研人才輩出對吧。雖然我不知道堀井前輩不畫漫畫為什麼會加入，但你的存在感好強。佐草前輩也在。全都是些有才華的人，大家講話都很有趣。我覺得大家什麼都懂，也很聊得來。

堀井 跟町山[5]也聊得來嗎？

安倍 町山君講話的速度太快了，我幾乎都聽不懂。堀井前輩是京都人，聽你說話就沒什麼問題。但町山君的婚禮影片是我拍的喔。

堀井 《深夜食堂》的作者拍了町山的婚禮影片啊。這樣啊。

安倍 而且堀井前輩重考了三年，在我入學時，已經二十三歲了吧。我那時才十八。在鄉下十八歲的人眼中看來，和東京的二十三歲差距可大了，簡直是大人跟小孩。

堀井 大學時就立志當職業漫畫家了吧。

安倍 二年級的春天，我在《早稻田漫》上畫了〈江的故事〉，那時還很迷惘。後來畫〈中川春朗有件燈籠褲〉時，我才覺得：啊，這個行得通。

堀井 你這樣想過啊。

安倍 但沒辦法量產。

堀井 但為什麼沒在《早稻田漫》上發表自己的得意之作呢？

安倍 沒趕上截稿日期。

堀井 那登在下一期不就好了。

安倍 哎呀，我們鄉下人是很認真的，覺得不是那時畫的作品就不能登啊。鄉下人嘛。既然不是為了登在《早稻田漫》上而畫的，只是偶然畫得不錯，就覺得不能在《早稻田漫》發表，怎麼說呢，早稻田漫對我而言是很崇高的。

堀井 很崇高嗎？

安倍 五十週年的時候，我久違地看了《早稻田漫》，覺得：「啊，水準怎麼……」就覺得我們那時的水準更好吧，但也許是我的錯覺。

堀井 不是的。

安倍 所以我覺得自己生在一個很好的年代。因為那時的人現在都變得很了不起。

堀井 話說回來，安倍君原本是姓安部吧？也就是「ベ」的用字是「部」，我最近才注意到，用字換成「倍」了。

安倍 啊，那是阿金看到後幫我改的。

堀井 阿金是和你同個年級的金本君嗎？

安倍 對啊。

堀井 金本君的姪女現在也在早大漫研呢。

安倍 啊，我有聽說。

堀井 我說安倍YORURO（よるろう）到底是什麼啊？夜郎？

安倍 不是YORURO啦，是YARO（やろう）。我從大學就開始用這個筆名了。

堀井 啊，是這樣喔。

安倍 是啊，夜郎自大的夜郎。

堀井　嗯？「夜郎自大」是什麼意思？

安倍　就跟井底之蛙差不多意思啦，是成語。

堀井　嗯哼。

安倍　我好歹曾經以中國文學為目標。

堀井　啊，是啊。你是主修中國文學的吧。想成為中島敦嗎？

安倍　我才不想。我喜歡漢文跟漢詩，而且是第二文學部的，也就是夜間部，所以覺得「夜郎」這名字不錯。

堀井　嗯。好啊，那就這樣定啦。

安倍　我現在就是用這個當筆名。

堀井　那為什麼換成人字旁的倍呢？

安倍　得獎時用的是和學生時代一樣的安部，《山本掏耳店》也是用這個名字。但那之後不是沒什麼機會刊登了嗎？那時候有人告訴我，是名字的筆畫不吉利。

堀井　要你跟他買陶罐改運嗎？

安倍　不是的。是個很正直、值得信任的人，以前就一直很照顧我。然後阿金從以前就對《易經》很有研究，我一問，他才說之前就覺得我的姓名筆畫不好，但一直沒開口。我問阿金該怎麼辦，他說：那就把俱樂部的「部」改成人字旁的「倍」吧。那時剛好是畫《深夜食堂》之前，有很長一段時期沒發表作品，被人這麼一說，就跟開運一樣。

堀井 改名確實給你帶來好運啊。

安倍 是的。總編也說要改就趁現在，所以《深夜食堂》從第一回開始，就用倍這個字。後來果然就往好的方向發展了。

堀井 聽起來是件好事，但又有點可疑呢。總之，你沒有以「安部夜郎」這個名字出過單行本吧？

安倍 是的。

堀井 順便問一下，漫畫名的標準字是你寫的嗎？

安倍 是以我的字為基礎做加工，稍微改過的。全都我畫的話，字會更細一點。

堀井 你現在還是用那種螞蟻字在做筆記吧？

安倍 我的個性就是這樣啊。

堀井　你看不到自己寫的字吧。你剛剛寫字時還把眼鏡拿下來。要不要把字寫到自己能看得清楚的大小呢？

安倍　我的個性就是這樣啊。

堀井　這樣啊。你看到佐草晃老師得到講談社大獎了吧？之後他就成為職業漫畫家了。你看著他，沒想過自己也會成為職業漫畫家嗎？

安倍　我就說我畫不出來啊。畫得出來早就當了。完全沒想過，因為不覺得自己能當。我沒有一直在畫漫畫，不，應該說沒畫過投稿用的漫畫，自然當不成漫畫家。

堀井　你沒有一直在畫嗎？

安倍　學生時代的時間多得是，但不知道為什麼就是沒畫，就只是喝著酒，說一些自以為了不起的話。

堀井　但在漫研那時候，安倍君的作品得到的評價還不錯吧？

安倍　是啊，是得到了還不錯的評價。

堀井　風格很獨特啊。不是有人說你的作品是大正漫畫風？

安倍　是啊。

堀井　那時流行過大正漫畫嗎？

安倍　林靜一之類的漫畫家吧。

堀井　我也只想到林靜一。那大正漫畫家你喜歡誰啊？

安倍　應該是竹久夢二吧。

堀井　我是說真正的大正時期喔。

安倍　嗯，吉田光彥之類的。還有高野文子的《絕對安全剃刀》，那時也很有人氣。

堀井　對啊，高野文子確實很有人氣啊。

安倍　比起男生們的評價，低年級女生的好評讓我更開心。

堀井　低年級女生是誰啊？

安倍　不要生氣啊。

堀井　我沒生氣啊。

安倍　就是吉近，還有阿螻，和阿金以前的女朋友叫什麼來著，好像叫清水吧[6]。

堀井　啊，那個代表商學院上台領畢業證書的優秀女生？

安倍　對啊。沒有比得到學妹們的好評更讓人開心的事了吧。在漫研，男生之間很少給對方評價吧，《赤三角》[7]也幾乎沒有提過我，所以得到女生們的好評很開心。

堀井 我懂你的心情。

安倍 周圍的人稍微給點好評就會很開心。在大學那個時候，我的世界就只有漫研啊。

想讓「沒有用處的漫畫」在筆下細水長流下去

堀井 當上漫畫家感覺很好嗎？

安倍 當然很好啊。

堀井 哇，秒回耶。

安倍 因為不必再跟討厭的傢伙見面啦。

堀井 你現在成了自己想成為的漫畫家了嗎？

安倍 算是吧，就是這種感覺。原本沒想過自己會成為暢銷漫畫家。如果能這樣細水長流地畫下去就好了，細水長流地。

堀井 做廣告是向非特定多數的人或媒體傳遞訊息吧。現在畫漫畫，就不必再顧慮媒體了嗎？

安倍 是啊。只是會下意識避免變得太過小眾，畢竟我也不是那種對某個領域特別狂熱的人。目前為止我覺得有趣的東西，在廣告界都不被接受，現在用漫畫直接表達出來，能夠得到理解，這讓我很開心。

堀井 那麼拿到大獎卻沒能連載的《山本掏耳店》，就是能理解的人不夠多嗎？

安倍 嗯……沒有一開始就走在王道上，很快就能成為主流的漫畫家吧。

堀井 不是有那種很懂得掌握平衡的人嗎？

安倍 哦，是嗎？你不覺得漫畫家們都認為自己的作品是小眾嗎？都是被人們接受了才成為常規，大家才開始覺得它不錯，而不是一開始就是主流。

堀井 所以《山本掏耳店》是小眾嗎？

安倍 我畫的世界都很小，故事也很小，《深夜食堂》也是在一間小店裡。我的企圖心很小啦，跟佐草老師的《天道交響樂》不一樣。找到適合自己的位置，細水長流地走下去，我花了二十年呢。

堀井 這就是所謂的職業漫畫家嗎？

安倍 職業漫畫家指的不是在雜誌上發表作品的人喔。因為作品刊登在雜誌上，雜誌才跟著暢銷，那樣的人才算是職業漫畫家。

堀井 哦，也就是說賺稿費維生的人不算是職業漫畫家囉？

安倍 對。大家總以為作品被刊登在雜誌上就是職業漫畫家了，事實上不是的。因為雜誌上登了那個人的作品，所以才想買那本雜誌——能讓人這麼想的才是真正的職業漫畫家。

堀井 嗯……你這句話有點像名言啊。

安倍 雖然說得好像很了不起，但我這個人基本上只想畫沒有用的漫畫。不講造詣、不說教、不擺高姿態是我的原則。

堀井 喔，這句也說得好。

安倍 夠了啦。比方說創作時，新鮮感雖然重要，但必須跟嶄新的發想有連結。發想很重要，但更重要的是視角。我覺得明確的視角是能長久維持的。發想能創新，卻也可能很快就被吹跑了，但只要擁有自己獨特的視角，就能夠長長久久。接下來年紀會越來越大，我正在想如何維持自己的視角。

堀井　話說回來，你好像說過你有適合發想的時段？

安倍　是啊。還是早上最好。我越是早上腦筋轉得越快，以前在公司想企劃時，都會提前進辦公室。我是早起型的，生活很規律喔。想法都會在上午十一點以前出現，這是我試了好幾次才發現的。

堀井　現在也是嗎？

安倍　現在也是。熬夜的效率很差。

聽著古賀旋律，畫出優美線條

堀井　我聽佐草老師說過，漫畫裡的圖很重要，但草圖階段啦，或者說是文字也很重要。

安倍　這樣啊。但漫畫不就是畫嗎？

堀井　好的畫當然是前提。

安倍　我喜歡的《GARO》雜誌作家不都是畫畫的嗎？但如果要分類成純文學或大眾

文學的話，總覺得是像純文學的漫畫。小說這種文體，就如同漫畫這種畫風。

堀井 也就是說，吸引你的不是故事的有趣程度囉？

安倍 是的。

堀井 你是說你喜歡單幅畫？

安倍 不是這樣的。我不認為自己有多擅長畫畫，所以才想畫自己喜歡的畫。比方說指尖之類的細節。

堀井 具體來說，你喜歡什麼樣的畫？

安倍 嗯……應該是沉靜的畫吧。畫面沉靜、線條漂亮的。

堀井 也就是不會動的畫？安倍君漫畫裡的人物確實不太會跑呢。

安倍 不會跑呢。另外我也想畫妖豔的畫，怎麼說呢，就是有潤澤感、水分飽滿的畫。我喜歡那樣。

堀井 很有日本風情的畫啊。

安倍 大友克洋以後的漫畫家，不是畫了越來越多乾巴巴的畫了嗎？動畫類之類的畫，怎麼說呢，那種軟乎乎的畫幾乎都沒有了。

堀井　你說的乾燥或濕潤，具體是呈現在什麼地方啊？

安倍　嗯……應該說是線條吧。

堀井　線條哪裡不一樣呢？

安倍　啊，可能是線條的快慢。也就是描繪線條的速度。慢慢地畫，慢慢地描線的話，就會比較接近水潤的、妖豔的畫了。

堀井　慢慢的啊。

安倍　是的。聽著古賀旋律，慢慢地描線。

堀井　古賀旋律？就是〈思慕倩影〉之類的嗎？

安倍　是的，我高中時就一邊聽古賀旋律，一邊畫畫。那個古賀旋律，不是很慢嗎？

堀井　哎呀，應該很慢吧。那個是誰唱的啊？

安倍　就是藤山一郎啊，還有近江俊郎跟島霧昇。

堀井　唔，好像在聽益智問答的解答一樣。

安倍　迪克三根和美空雲雀也有唱喔。

堀井　那是你畫畫時聽的啊？

安倍　畫線稿時。是我畫線稿時聽的音樂，錄在錄音帶裡聽。

堀井　你那時在荻窪還能聽錄音帶啊？

安倍　可以啊。一直畫到情緒低落時，也會換聽明快的歌，但一開始就是聽古賀旋律。心浮氣躁時，就要調整畫線條的速度。

堀井　不去調整就會越畫越快嗎？

安倍　截稿日期逼近時，下筆就會變得快。這時就聽古賀旋律，慢慢地描線，心情會非常愉快，也會畫出很好的線條。

堀井　怎麼個慢法呢？

安倍　嗯……沾水筆不拿前端，握在中間的地方慢慢畫。那真是無比幸福的時光啊。

堀井　幸福時光啊。

安倍　是的。聽著喜歡的曲子，一邊慢慢地描線，實在是無比幸福的時光。

堀井　原來你喜歡這種的喔？

安倍　喜歡啊。線條這種東西，懂的人就懂，不懂的人也會多少有點感受。

堀井　這沒必要讓讀者都懂。寫文章也是這樣，就算下工夫引起同業的注意，也只有寫作方向相同的人才會注意到。也就是說，安倍君是以愉快為目標畫畫的？

安倍 或許是吧。

堀井 換句話說，你在迴避會讓你不愉快的東西？

安倍 啊，也可以這麼說。可能是我天性如此，也可能是我做過廣告，所以會下意識地迴避危機狀況吧。

堀井 在這種狀態下，你不會想畫一些更有力道的東西嗎？譬如《深夜食堂》比較接近大眾文學，就想畫純文學一點的。

安倍 我覺得《山本掏耳店》就是相對像這樣的。頁數很充裕，就能加入各種無意義的畫面，所以在我心裡，它是稍微偏向純文學的。

堀井 這樣的話，在《深夜食堂》外，偶爾畫畫《山本掏耳店》，兩部同時畫不就是理想狀態了嗎？

安倍 或許真的是這樣吧，但也要等我稍微有空再說。

堀井 再這樣說的話，很快就會變老，然後死掉啦。

安倍 哎呀，說不定會這樣。

堀井　趕快結婚啦。

安倍　幹嘛突然說這個？結婚這種事，不是要靠年輕時的衝動嗎？

堀井　也是有這麼一面啦。但擺脫萬年單身不是很好嗎？

安倍　我沒那麼受歡迎啦。漫畫暢銷，又有女人緣，工作能幹，又有錢，人生不可能一切都這麼順利啦。我不是這麼有欲望的人。

堀井　你是說我的欲望很大囉？

安倍　哎呀，人各有志嘛。

堀井　那麼最後，給那些大學畢業後，看起來無望成為漫畫家，卻又想當漫畫家的傢伙一點建議吧。

安倍　嗯……每個人的狀況都不一樣。我花了很長的時間才出道，但如果有出道的機會，就不要繞遠路，抓緊頭緒往前進吧。如果已經開始工作了，就專心在工作上，認真地靠著它賺錢過活，之後再畫漫畫。

堀井　但下班後再畫很辛苦吧？

安倍　最辛苦的是提起動力畫漫畫這件事。最開始要提起動力的那一刻，大概是很多人做不到的地方。

堀井　你怎麼提起動力呢？

安倍　我因為是非常想畫漫畫。不過也磨磨蹭蹭了十年之久呢。要是有家庭的話，就不可能了。

堀井　怎麼找出時間的？有沒有犧牲了什麼時間的感覺？

安倍　哎呀，因為漫畫是獨立作業的，忙碌時當然沒辦法畫，但總有空閒時間吧？我會設法找時間畫。堀井前輩不是一有空就去找女人約會放煙火嗎？比起找女人約會，我更喜歡畫漫畫。

堀井　你不要說人壞話啦，我可沒去放什麼煙火。

安倍　但會去找女人約會吧？

堀井　是有過那樣的時期。

安倍　我就用那個時間畫漫畫啊。忙碌的時候就算沒辦法畫，心裡也會想畫。就像準備考試的時候，會想做別的事一樣。等忙完，我就會開始畫。

堀井　感覺你好像不太想要那種市井小民的幸福呢。

安倍　嗯……中間也有過不想畫的時期，那時身邊就有女人。

堀井　原來有過交往的對象嘛。有好好地告白嗎？

安倍　這個嘛，大概就是趁著酒勁在一起的，然後就交往了。

堀井　太過分啦。

安倍　不過分啦。

堀井　那你是想說女人是漫畫之敵嗎？

安倍　女人是漫畫之敵。

堀井　哇，真的就說了。漫研本來就有很多迴避女人的社員了，你居然還在當著他們的面這樣說。

安倍　哎呀，我的意思是，女人是創作的同伴，也是敵人。

堀井　你敢在土井加賀子面前這樣大聲說嗎？

安倍　我才說不出來。我覺得跟女人保持距離，偶爾碰面，對畫漫畫來說是最好的。

堀井　這是因為你貪好女色。好了，採訪就到此結束。

安倍　這是什麼結尾啊？

1 重松豐在後來《深夜食堂》電視劇裡，演出的不是老闆，而是愛吃紅香腸的阿龍一角。之後又因演出《孤獨的美食家》系列造成轟動。

2 一九七五年加入早稻田漫畫研究會，也是小學館漫畫編輯。比堀井大四屆，比安倍大六屆。

3 漫畫家佐草晃。一九八〇年加入漫研，比堀井小一屆、比安倍大一屆。

4 漫畫家，一九七六年加入早稻田漫畫研究會。比堀井大三屆，比安倍大五屆。

5 町山智浩，專欄作家、電影評論家。比安倍小兩屆。

6 三人都是小安倍一屆的女性社員。阿螻就是現在的漫畫家螻榮子。

7 早稻田漫研的評論型刊物，刊載同人誌《早稻田漫》的總評或研討會、合宿等報告事項，也有對一般雜誌漫畫的評論等，由社員們投稿，一年發行兩次。

深夜食堂系列YY0355

深夜閒話
なんちゃぁない話

作者
安倍夜郎（Abe Yaro）
一九六三年二月二日生。曾任廣告導演，二〇〇三年以《山本掏耳店》獲得「小學館新人漫畫大賞」，之後正式在漫畫界出道，成為專職漫畫家。《深夜食堂》在二〇〇六年開始連載，隔年獲得「第五十五回小學館漫畫賞」及「第三十九回漫畫家協會賞大賞」。由於作品氣氛濃郁、風格特殊，四度改編日劇播映，二〇一五年首度改編成電影，二〇一六年再拍電影續集。

譯者
丁世佳
以文字轉換餬口已逾半生。英日文譯作散見各大書店。近期作品有《深夜食堂》系列、《夜巡貓》系列等。對日本料理大大有愛：一面翻譯《深夜食堂》一面照做老闆的各種拿手菜。

封面設計　蕭旭芳
內文排版　黃雅藍
責任編輯　王琦柔
副總編輯　梁心愉
責任編輯　陳柏昌
行銷企劃　劉容娟、詹修蘋

初版一刷　二〇一八年十二月二十四
定價　新臺幣二八〇元

ThinKingDom 新経典文化
發行人　葉美瑤
出版　新經典圖文傳播有限公司
地址　10045臺北市中正區重慶南路一段57號11樓之4
電話　886-2-2331-1830　傳真　886-2-2331-1831
讀者服務信箱　thinkingdomtw@gmail.com
FB粉絲團　新經典文化 ThinKingDon

總經銷　高寶書版集團
地址　臺北市內湖區洲子街八八號三樓
電話　02-2799-2788　傳真　02-2799-0909
海外總經銷　時報文化出版企業股份有限公司
地址　桃園市龜山區萬壽路二段三五一號
電話　02-2306-6842　傳真　02-2304-9301

深夜閒話 / 安倍夜郎著 ; 丁世佳譯. -- 初版. -- 臺北市 :
新經典圖文傳播, 2018.12
240面 ;14.8×21公分. --（深夜食堂系列 ; YY0355）
ISBN 978-986-96892-6-7（平裝）

861.67　107020931